PUZZLE MACABRE

BONES

MAX ALLAN COLLINS

PUZZLE MACABRE

Fleuve Noir

Titre original :
Buried Deep

*Traduit de l'américain
par Isabelle St. Martin*

Le Code de la propriété intellectuelle n'autorisant, aux termes de l'article L. 122-5 (2°
et 3° a), d'une part, que les « copies ou reproductions strictement réservées à l'usage
privé du copiste et non destinées à une utilisation collective » et, d'autre part, que les
analyses et les courtes citations dans un but d'exemple ou d'illustration, « toute représentation ou reproduction intégrale ou partielle faite sans le consentement de l'auteur
ou de ses ayants droit ou ayants cause est illicite » (art. L. 122-4).
Cette représentation ou reproduction, par quelque procédé que ce soit, constituerait donc
une contrefaçon sanctionnée par les articles L. 335-2 et suivants du Code de la propriété
intellectuelle.

™ and © 2006 by Twentieth Century Fox Film Corporation
All Rights Reserved.
© 2007 Fleuve Noir, département d'Univers Poche
pour la traduction française

ISBN : 978-2-265-08524-4

Pour le Dr Greg Haines
et Missy Jones...
qui ont reconstitué le squelette

L'auteur tient à remercier le chercheur, expert et conjuré
Matthew V. Clemens.
La suite de nos remerciements
à la fin de ce roman.

« Comme ceux qui les étudient ont pu le constater, les os font d'excellents témoins – s'ils s'expriment sans bruit, ils ne mentent ni n'oublient jamais. »
— Dr Clyde Collins Snow
anthropologue médico-légal

« Plus un incident paraît outré et grotesque plus il mérite de retenir l'attention, et le détail qui semble compliquer une affaire devient, pour peu qu'il soit examiné de près et scientifiquement manipulé, l'élément qui permet au contraire de l'élucider. »
— Sherlock Holmes,
Le Chien des Baskerville,
Arthur Conan Doyle

Prologue

1944

Par une nuit de juin sans lune, l'élégant hors-bord en teck d'Al Capone rasait les eaux du lac Michigan tel un caillou lancé en ricochet par un enfant.

Son propriétaire n'était monté qu'une fois à bord de ce cadeau d'un de ses obligés. Aussitôt saisi par le mal de mer, il avait décidé de ne jamais y remettre les pieds.

Néanmoins, de temps en temps – même depuis que Snorky[1] s'était retiré en Floride à sa sortie de prison – les anciens associés du patron du crime organisé lui trouvaient quelque utilité. Pas assez gros pour aller jusqu'au Canada chercher du whisky à l'époque de la Prohibition, le bateau était utilisé par les hommes de Capone pour traverser le lac au beau milieu de la nuit afin de récupérer de petites cargaisons sur de plus gros bâtiments.

Après la Prohibition, le hors-bord avait servi à

1. Un des nombreux surnoms d'Al Capone. *(N.d.T.)*

d'autres formes de contrebande mais, ce soir, il n'était question ni d'alcool ni de drogues – quoique le passager Anthony Gianelli ait regretté de ne pas avoir sous la main une flasque ou un joint histoire de se réchauffer un peu.

Non, ce soir il s'agissait d'une course assez spéciale.

Au gouvernail, Johnny Battaglia plissa les yeux dans l'obscurité. Comme il voulait éviter les regards indiscrets, le pilote – titre excessif selon Gianelli – dirigeait le bateau sans lumières et devait livrer bataille pour voir où il allait.

Sans posséder la plus fine intelligence ni la vue la plus perçante des loyaux serviteurs de la mafia, Battaglia disposait de quelques précieuses qualités : dur comme une lame d'acier, brave comme un taureau, loyal comme un bulldog, animal auquel, d'ailleurs, il ressemblait.

Il obtenait d'aussi bons résultats que Gianelli, même si ce dernier pouvait seul se targuer d'avoir mis l'opération au point ; au contraire de son solide compère, il avait des capacités d'organisateur et cherchait toujours à progresser.

Plus grand, plus mince, mieux habillé que Battaglia, Gianelli n'était pas encore sous-chef mais il savait garder les yeux ouverts et fermer la bouche ; il se doutait que cette mission constituait un nouveau degré dans son échelle personnelle.

Tout ce qu'on leur demandait consistait à effectuer cette course sans anicroche.

Gianelli n'appréciait que modérément de se trouver là, au milieu de l'eau ; encore moins de voir s'éloigner les lumières de Chicago pour ne plus former qu'une vague lueur à l'horizon ; mais c'était son boulot et il allait le remplir.

S'il éprouvait la moindre trépidation, ce n'était pas de peur d'être pris, mais sa femme venait de mettre au monde leur dernier fils, Raymond, et il avait envie de se trouver auprès d'eux, au cas où on aurait besoin de lui.

Quoiqu'il n'y ait plus grand-chose à faire pour un jeune père à ce stade : c'était aux femmes de s'occuper des bébés. Pourtant, il avait envie de se trouver à la maison.

Son travail lui garantissait une certaine souplesse dans les horaires et, Dieu merci, il n'avait pas été expédié outre-mer, en Europe, pour briser les nazis ou pire, dans le Pacifique, pour combattre les Japs ; comme Sinatra, il avait un tympan crevé. Dieu merci !

Alors, il se retrouvait là, qui bondissait sur l'eau, marin d'une autre guerre, à regretter de ne pas avoir apporté un pardessus léger. Son costume rayé gris le protégeait mal du vent qui s'engouffrait au-dessus du pare-brise.

Dire qu'on était en juin ! Il faisait tellement froid cette nuit au milieu de ce lac qu'on se serait cru en mars.

Battaglia rentrait lui aussi les épaules. A l'arrière, sur le pont, le commissaire de police, Ed Hill, ne semblait pas du tout souffrir de la fraîcheur, lui – évidemment, il était mort depuis quatre heures et déjà froid, bien que ça n'ait rien à voir avec le temps, cadavre enveloppé dans un dessus-de-lit de la taille d'une république bananière des Caraïbes.

Cette pensée amena un léger sourire sur les lèvres de Gianelli – l'humour macabre des membres de la pègre n'avait rien à envier à celui des soldats.

Hill n'était pas un flic comme les autres. Sinon, on aurait pu le jeter n'importe où dans ce lac.

Mais il avait joué un rôle dans le procès fédéral intenté à Paul Ricca, l'homme qui occupait la tête de l'Outfit, l'organisation dirigée à Chicago avant lui par Al Capone puis Frank Nitti. Ricca, « le Barman », avait été condamné en décembre dernier et incarcéré à Atlanta pour une peine de dix ans, laissant le compétent quoique peu imaginatif Tony Accardo reprendre les rênes en son absence.

Tout le monde savait que M. Ricca commandait toujours en sous-main mais, pour le moment, le grand patron c'était « Joe Batters » – pseudonyme donné par Capone à Accardo à l'époque où celui-ci faisait des étincelles au base-ball.

Le rôle de Hill dans la condamnation de Ricca lui avait valu les éloges de sa hiérarchie... et le courroux de Tony Accardo. En principe, on ne s'en prenait pas aux flics ; mais celui-ci avait commis l'erreur d'accepter les pots-de-vin de l'Outfit, tout en le trahissant par la suite.

Ce soir, Gianelli et Battaglia avaient donné une sévère et définitive leçon à Hill, dans sa propre demeure. Mme Hill se trouvait alors chez sa sœur à Milwaukee ; si Gianelli ne l'avait pas vue de ses yeux partir en train, il n'aurait jamais dérouillé le flic chez lui.

Il aimait le travail propre et bien fait.

Chez lui, on ne s'en prenait ni aux femmes ni aux enfants. Et, en principe pas non plus aux flics ni aux journalistes, à moins qu'ils ne l'aient cherché. On n'était pas des chiens.

Il jeta un coup d'œil vers le gros paquet au fond du bateau. Ça ne lui faisait ni chaud ni froid, il ne ressentait ni colère, ni haine, ni joie, ni même indifférence. Hill les avait doublés, il avait payé – fin de la transaction.

Les associés de l'Outfit ne demandaient qu'une chose : que le corps disparaisse à jamais ; il ne s'agissait pas de le voir un beau jour flotter à la surface du lac ou pire, échouer sur la rive. Même sans cadavre il y aurait déjà du grabuge...

C'est pourquoi il avait fallu prendre des mesures spéciales.

— Tiens, voilà US Steel ! lança Battaglia.

Il avait dû crier pour se faire entendre par-dessus le vent et le bruit du moteur. Il désignait une faible lueur sur leur droite.

Tribord, songea Gianelli... *ou bâbord* ? Non, ce devait être tribord.

— Ouais, acquiesça-t-il.

Il se sentait idiot de brailler ainsi alors qu'ils n'étaient que tous les deux... sans compter le flic. Qui ne risquait pas d'entendre.

Les lumières paraissaient lointaines, petites pointes à peine plus grosses que les étoiles.

— C'est là qu'on va, reprit Gianelli.

Battaglia approuva du chef.

Dans dix minutes, ils auraient passé l'aciérie géante et seraient en vue des dunes de sable de l'Indiana.

Accardo leur avait fait envoyer une voiture qui les y attendrait. Ils se débarrasseraient de Hill une bonne fois pour toutes puis rentreraient chez eux au petit matin. C'était ainsi que les choses devaient se passer.

L'aciérie produisait de la tôle vingt-quatre heures sur vingt-quatre – pour en tirer des chars, des lance-flammes, des bateaux et Dieu sait quoi d'autre qui réponde à l'effort de guerre. On entendait ses turbines mais aussi les vagues qui s'écrasaient sur la grève.

Battaglia opéra un quart de tour et coupa le moteur.

— Tu vois quelque chose ? demanda-t-il.

Gianelli inspecta la rive plongée dans une telle obscurité qu'il n'aurait pu distinguer un canon pointé sur lui.

— J'y vois que dalle, marmonna-t-il.

Où étaient la voiture et l'abruti qui devait les retrouver ? Et s'il y avait eu erreur ou pire, si on les avait doublés ?

Gianelli s'efforçait de repérer une forme qui ressemble à une voiture mais il ne devinait que les ondulations des dunes ; quant aux maisons, il n'y en avait aucune dans les parages. C'était d'ailleurs pour ça qu'ils avaient choisi cet endroit.

Pourtant, il fallait bien que leur contact se manifeste d'une façon ou d'une autre…

— Qui est-ce, d'abord ? grommela Battaglia.

A l'arrêt devant la plage, ils n'entendaient que le flux et le reflux des vagues, ne sentaient que le courant léger qui les entraînait vers la droite.

A tribord, se rappela Gianelli.

Devant eux, à terre, il crut apercevoir une lueur…

… qui disparut aussitôt.

L'avait-il *aperçue* ou *imaginée* ?

— Tu as vu ? demanda-t-il.

— Vu quoi ? rétorqua Battaglia la tête tournée vers l'arrière.

Il avait dû l'imaginer.

Gianelli regarda de nouveau, se concentra, attendit. Encore. Et encore…

La voilà !

Une minuscule lueur à une cinquantaine de mètres sur la plage – une torche, à coup sûr.

— Je la vois, indiqua Battaglia.

Et il guida le bateau dans cette direction.

Alors qu'ils s'approchaient, Gianelli se rendit compte

que le type se tenait à l'extrémité d'une courte jetée. L'embarcation flottait à présent le long de la structure de bois. L'inconnu éteignit sa lampe.

Battaglia lui lança une corde qu'il accrocha à un taquet.

Tandis que les deux hommes emportaient le paquet du bateau, Gianelli inspectait le rivage dans cette nuit sans lune.

— Où est la bagnole ? demanda-t-il à voix basse.

Il ne risquait certes pas d'être entendu par une oreille indiscrète mais la nature de leur travail voulait qu'il n'élève pas la voix.

— Plus loin, vers la route, dit le type.

Gianelli sortit une petite torche de sa poche et la braqua sur le visage de l'homme.

L'homme ?

Un gosse, oui ! Tout au plus dix-huit ans – cheveux noirs frisés, grands yeux bruns, les joues encore imberbes.

— Plus loin, vers la route, répéta Gianelli.

— Ouais, dit le gamin d'un ton neutre.

— Pourquoi si loin ? demanda Battaglia un rien irrité.

Comme ils venaient de déposer le corps sur la jetée, le gamin laissa échapper un long soupir.

— Soit on porte ce paquet jusqu'à la route, expliqua-t-il d'une voix presque trop grave pour son visage poupin, soit j'amène la voiture ici... et j'explique aux flics pourquoi on s'est embourbés dans le sable.

Battaglia avait toujours l'air aussi agacé mais Gianelli approuvait d'un hochement de la tête :

— Toi, tu as oublié d'être bête ! Comment tu t'appelles ?

— David Musetti.

— Bien joué, mon gars ! Viens, Johnny, qu'on trimballe ce poids mort à la voiture.

Un quart d'heure plus tard, le corps disparaissait dans le coffre d'une Chevrolet 42 ; Battaglia s'assit à l'arrière, Gianelli à l'avant et Musetti prit le volant.

— Tu sais où on va ? demanda Battaglia.
— Ouais.

Ils traversèrent la voie ferrée qui menait de Chicago à South Bend, dans l'Indiana. Une fois, Gianelli et deux autres andouilles y avaient même amené un cadavre en train.

Les gars l'appelaient le Dunes Express.

Ces derniers temps, cependant, on s'en tenait à la voiture parce que les fédéraux avaient infiltré les employés du chemin de fer, de peur d'un sabotage consécutif à la guerre.

Le petit Musetti emprunta la nationale 12 et alluma les phares. Au bout de deux kilomètres, ils dépassèrent une voiture de police qui venait d'interpeller un conducteur aviné.

Le flic regardait l'ahuri qui s'efforçait de marcher droit sur une ligne tracée à la craie au bord de la route.

Gianelli put constater, non sans admiration, que le gamin n'accéléra pas plus qu'il ne ralentit devant cette scène.

— Tu m'as l'air d'un sacré client ! observa-t-il.

Musetti répondit d'un haussement d'épaules puis, après avoir jeté un rapide coup d'œil dans le rétroviseur, vira sans crier gare dans un chemin de terre.

Il éteignit les phares.

Ils s'enfoncèrent dans les bois, escaladèrent une colline qu'ils redescendirent sur l'autre flanc. Enfin, Musetti s'arrêta et coupa le moteur.

Ils restèrent un instant assis en silence, avant de descendre.

— On y va ! dit Battaglia.

Gianelli ne put s'empêcher de remarquer le peu d'émotion qui régnait parmi eux. Lui qui ne supportait pas les films tristes, lui qui avait toutes les peines du monde à ne pas pleurer aux enterrements des amis ou des membres de la famille, s'avisa que même un poulet méritait mieux que ça.

Mais à la guerre comme à la guerre : on n'avait pas le temps de rendre les derniers devoirs aux cadavres, on s'en débarrassait et ceux qui se chargeaient de cette tâche ne souffraient peu ou prou que du désir de rentrer au plus vite chez eux.

Gianelli sortit les pelles tandis que les deux autres emportaient le corps. A cet endroit, le sol était marécageux, ce qui allait leur faciliter la tâche. Néanmoins, il se prit à regretter d'avoir mis des chaussures aussi chères.

Le défunt fut enterré profond en deux temps trois mouvements. Gianelli se demandait comment le capitaine Ed Hill aurait réagi s'il avait su combien de ces mafiosi qu'il avait tant pourchassés étaient ensevelis autour de lui.

— Le jour du Jugement dernier, commenta-t-il, lorsque tous ces morts se relèveront, ce pauvre crétin se sentira en mauvaise compagnie.

Battaglia éclata de rire.

Mais pas Musetti.

Peu après, le taciturne jeune homme ramenait la voiture sur la nationale en direction des dunes. Durant le trajet, Gianelli réfléchit.

Ce marécage contenait bien des mystères ; personne

ne viendrait jamais y chercher des cadavres. Il garderait ses secrets à jamais.

En tout cas, jusqu'au jour du Jugement dernier.

Et peut-être même au-delà. Gianelli en rit tout bas tandis que Battaglia lui jetait un regard bêtement interloqué.

Quel ange viendrait jamais sonner de sa trompette dans ce bled paumé pour y ressusciter qui que ce soit ?

1

De nos jours

Telle une épaisse nappe d'huile répandue sur le lac Michigan, une oppressante vague de chaleur enveloppait Chicago depuis le début du printemps.

La sécheresse avait duré tout l'été et il fallait y ajouter une grève des éboueurs qui rendait les jours encore plus interminables que les nuits dans une ville où les odeurs ne faisaient qu'exaspérer la mauvaise humeur de chacun. Les tonnes d'ordures accumulées depuis sept semaines sur les trottoirs tournaient aux montagnes de compost infectieuses.

Les chroniqueurs des journaux locaux traitaient Chicago de « Ville fécale » ou de « Ville du grand pourrissement », pourtant aucune des deux parties impliquées dans les négociations sur la grève ne voulait faire un pas alors que dame Nature semblait décidée à faire bouillir la ville dans une étuve.

Bien que plus aucun citoyen ne paraisse savoir ce que signifiait le mot sourire, l'agent spécial Seeley Booth assis dans une des salles de réunion du bâtiment fédéral Everett M. Dirksen, peinait à réprimer son hilarité.

Il travaillait sur l'affaire ouverte contre les patrons de la mafia, Raymond et Vincent Gianelli, depuis plus de six mois et maintenant – avec l'aide d'un de leurs amis devenu informateur – Booth avait le père et le fils dans le collimateur.

Siégeant dans le box de l'accusation, il respirait la confiance en soi. Ce qui, au fond, était l'apanage des agents du FBI; mais, avec sa mâchoire carrée, ses cheveux bruns coupés court et ses yeux bleu acier, son attitude confinait aujourd'hui à l'impudence.

Bien qu'il ne s'agisse pas à proprement parler d'une audience judiciaire, Booth portait son costume de « déposition », celui-là même qu'à l'instar de tout gradé de la police il réservait spécialement aux convocations du tribunal.

Le sien était rayé gris anthracite; il lui avait coûté un tout petit peu moins que sa première voiture; en l'occurrence, Booth voulait paraître à son avantage.

A sa gauche, le procureur fédéral, Daniel McMichael prenait des notes parmi quelques liasses de papiers. Le front dégarni, les cheveux noirs séparés par une raie sur le côté, il portait un costume gris qui devait valoir le double de celui de Booth.

Autant son regard noir pouvait être chaleureux, amical avec ceux qu'il considérait comme des alliés, autant il pouvait être glacial et distant avec ses ennemis. Un nez bulbeux se tapissait entre des joues potelées, au-dessus d'une bouche aux coins élevés juste ce qu'il fallait pour esquisser un semblant de sourire.

Dan McMichael avait les larges épaules et les bras puissants d'un athlète, compromis par l'aspect un rien ramolli de ceux dont l'entraînement n'était plus qu'un lointain souvenir. S'il avait fait carrière dans le base-ball au lieu de la magistrature, il aurait sans doute fait partie des meilleurs joueurs de sa génération.

Pour avoir déjà travaillé sur deux dossiers avec lui, Booth respectait son approche toujours pleine de bon sens. Ils avaient chaque fois gagné leur procès et les criminels qu'ils avaient poursuivis s'en étaient tirés avec de lourdes peines de prison.

A leur gauche, discrètement assise dans un coin, Anna Jones, la petite blonde aux yeux noisette chargée de remplacer le juge, considérait Booth d'un œil goguenard.

A moins qu'il ne soit soudain en train de perdre de sa superbe...

Consultant sa montre, l'agent du FBI s'avisa que – bien qu'il se soit attendu à voir les Gianelli arriver plus tôt – on ne pouvait encore les accuser de retard. La réunion étant prévue pour onze heures, les futurs accusés avaient encore quelques minutes pour se présenter à l'heure.

Ce qu'ils firent – à 10 h 59 et trente secondes, la porte s'ouvrit sur trois hommes en file indienne.

En tête arrivait Raymond Gianelli, musclé mais élégant dans un costume marron, une chemise chocolat et une cravate rayée. Ses yeux brun clair semblaient assortis à ses vêtements, au contraire de ses cheveux noirs, rejetés en arrière, aux tempes légèrement grisonnantes ; Booth le trouva trop bronzé pour être honnête : l'homme devait davantage fréquenter les lampes UV que les plages.

Ensuite venait le fils de Raymond, Vincent.

Plus grand mais plus mince que son père, beau gosse, le sourire en coin il avait le crâne presque rasé, les yeux sombres et portait un costume à chevrons, une chemise verte et une cravate beige. Ses mocassins italiens devaient valoir à eux seuls plus que le costume de Booth et sans doute que celui de McMichael.

C'était le type même du sociopathe : préoccupé de sa seule petite personne, si ce n'était parfois de son père lorsqu'il était question d'affaires. Plutôt machiavélique que sentimental...

En fait, un seul être avait le don de l'émouvoir : son énorme mâtin de Naples appelé Luca, sans doute en l'honneur de Luca Brasi, du *Parrain*.

Ce n'était pas tout ce que Booth savait du prévenu.

Un mafioso moyen pouvait passer pour un type parfaitement ordinaire – honnête père de famille que sa faiblesse avait fini par entraîner sur le chemin du crime.

Ce qui n'était pas le cas des Gianelli, particulièrement de Vincent.

A la suite de ses clients venait Russel Selachi, l'avocat de la famille. A peu près de la taille d'une petite voiture.

Costume noir qui, dans son cas, n'avait aucun effet amincissant, chemise blanche rayée, cravate aux couleurs criardes, bleu, rose, jaune et vert, digne d'un clown.

Booth se demanda s'il n'allait pas voir sortir de la voiture une dizaine de clowns, comme au cirque, pour peu que Selachi ouvre sa veste...

— Agent spécial Booth ! lança la voix grave de Gianelli père. Vous me paraissez de bien bonne humeur pour quelqu'un qui va se faire accuser de poursuites abusives.

Le sourire de Booth prit un pli narquois :

— Je suis d'excellente humeur, merci... car ces

poursuites ne seraient abusives que si vous étiez innocents.

— Messieurs ! intervint McMichael d'un ton sévère.

L'agent du FBI soutint son regard, l'air de promettre de ne pas recommencer.

— Veuillez vous asseoir, reprit le procureur.

Les trois hommes prirent place derrière une table, Raymond Gianelli au centre, Vincent à sa gauche. Selachi sortit un carnet de sa serviette qu'il posa devant lui.

McMichael se tourna vers la juge :

— Mademoiselle Jones ?

Elle acquiesça de la tête.

— Très bien, conclut McMichael. Etes-vous prêt, maître Selachi ?

— Tout à fait.

— Dans ce cas, que le procès-verbal commence : siègent aujourd'hui moi-même, Daniel McMichael, procureur des Etats-Unis, l'agent spécial Seeley Booth, du FBI…

Booth crut voir Anna lui sourire lorsqu'elle enregistra son nom. Ne prenait-il pas ses désirs pour des réalités ?

— … Raymond Gianelli, poursuivit McMichael, Vincent Gianelli…

Ce dernier, croyant sans doute que le sourire lui était destiné, mima un baiser du bout des lèvres à la jeune femme. A moins qu'il n'ait seulement voulu se moquer de Booth ?

L'agent se raidit. Mlle Jones prit l'air sévère.

Cependant, McMichael continuait :

— … et Russell Selachi, avocat des Gianelli. Les prévenus ont été informés de leurs droits.

— C'est noté, acquiesça Selachi.

Tout en feuilletant les papiers entassés devant lui, McMichael reprit :

— Entrons dans le vif du sujet : pour commencer, votre ordre de faire assassiner Marty Gramatica.

— Ce qui reste à prouver, coupa Selachi.

Vincent Gianelli explosa :

— Ce salopard de Musetti ! Il…

— Vincent ! l'arrêta Selachi.

Raymond Gianelli jeta un regard glacial à son fils qui se tassa sur son siège en croisant les bras, l'air soudain prodigieusement intéressé par ce qui se passait sur le mur d'en face.

S'ils se trouvaient aujourd'hui réunis dans cette salle, c'était à cause de Stewart Musetti.

Cet ami d'enfance de Raymond, fils du fidèle lieutenant de son père, David Musetti, lui-même ancien lieutenant de Gianelli, Steward Musetti – croyant que la famille allait s'en prendre à lui – s'était rendu à la police et avait balancé ses anciens patrons à l'abri du programme fédéral de Protection des témoins.

Ces derniers temps, Booth avait eu l'occasion de faire la connaissance de Musetti.

La voix douce, la personnalité quasi transparente, c'était un petit bonhomme au crâne couronné de quelques cheveux gris, aux lunettes cerclées d'acier, qui faisait davantage penser à un prof de maths qu'au responsable d'une vingtaine de meurtres en trente années de collaboration avec la famille Gianelli.

Lors de la chute du tueur à gages, c'était Booth qui avait recueilli sa confession ; un mois durant, il avait interrogé Musetti, ensuite il avait passé cinq semaines à enquêter et à rassembler les preuves qui pourraient corroborer sa déposition.

Ce qui avait permis à l'agent du FBI de mettre la main sur les Gianelli.

— Le meurtre de Gramatica, poursuivit McMichael en reprenant le contrôle de la situation.

Raymond Gianelli haussa les épaules :

— Une tragédie... un vieil ami, qui nous manque à tous. Pourquoi ?

— C'est vous qui avez commandité son assassinat ?

Un demi-sourire aux lèvres, Selachi se pencha en avant :

— Allons, vous n'êtes pas sérieux !

Son client lui posa une main sur l'épaule :

— Ce n'est rien, Russel. Ce n'est rien... Monsieur McMichael, la réponse est non. Je n'ai pas commandité l'assassinat de Gramatica.

— Vous n'avez pas dit à votre homme de...

McMichael se pencha ostensiblement vers ses notes et lut à haute voix :

— « Veiller à ce que ce salaud ne se réveille pas demain matin » ?

Impassible, Gianelli se contenta de fixer McMichael d'un air indulgent, tel un tonton qui réprimanderait son neveu.

— Voyez-vous, commenta-t-il d'un ton patient. Je connais Steward Musetti depuis très longtemps... depuis ma naissance, ou presque... seulement, nous avons eu un malentendu en ce qui concerne les affaires et il croit, à tort ou à raison, qu'il s'est fait entuber. Ça l'a rendu amer. On est entre adultes, pas vrai ? On sait que l'amertume vous donne souvent des envies de revanche. Mon fils s'est indigné un peu violemment, mais il dit la vérité : Musetti a menti.

— Si je comprends bien, demanda McMichael,

Steward Musetti n'est qu'un employé qui manifeste sa mauvaise humeur ?

— Exactement ! s'emporta Vincent.

Ce qui lui valut un regard noir de son père.

Booth commençait à discerner le tableau : dans l'espoir de voir McMichael interroger séparément le père et le fils, il lui avait fait part, une heure et demie avant cette réunion, de ses inquiétudes sur le risque qu'il y aurait à réunir les deux dossiers.

— Ne vous en faites pas, avait répondu le procureur perplexe. Depuis le temps, vous pourriez me faire confiance !

— C'est le cas, Dan... Mais j'estime que vous me devez une explication.

— Certes... Disons que je vais commencer par interroger papa et junior ensemble sur des questions dont nous connaissons déjà les réponses... Ensuite, dans un ou deux jours, je prendrai Vincent à part sur un autre problème. Une fois sa déposition enregistrée, je me retournerai contre le père – avec les réponses du fiston dans ma poche.

— Ça semble tenir debout...

— Ce sera toujours ça de pris. Si je ne peux pas les épingler pour autre chose, je pourrai au moins les accuser de parjure.

En fait, il avait peur. Comme tous les autres procureurs fédéraux.

Au début de sa carrière, Raymond Gianelli avait été surnommé « le Plombier » parce qu'il avait su colmater les fuites au sein de la pègre. Ce sobriquet lui était resté car il avait toujours su « tirer la chasse d'eau » avant que la police parvienne à mettre le nez dans ses affaires. De toute sa vie, comme collaborateur puis comme chef d'une des plus grosses familles de Chicago, il n'avait pas passé une nuit en prison.

Et maintenant, il contemplait son interlocuteur d'un œil torve.

— Malgré ce que la justice peut en penser, et aussi le FBI, agent Booth... nous ne faisons que diriger une affaire de famille. Ce sont nos origines siciliennes qui vous chiffonnent ? C'est pour ça que vous tenez tellement à nous épingler ?

Cette absurdité prit Booth au dépourvu et il s'entendit répondre :

— Vous voulez jouer la carte de la race ? Vous vous sentez persécuté, peut-être ? Je suis mort de rire...

— Monsieur Booth ! intervint McMichael.

Selachi pointa son stylo en direction de l'agent du FBI :

— Vous outrepassez vos droits, agent Booth. Vous allez à l'encontre...

La voix de Raymond Gianelli, à la fois douce et puissante, interrompit celle de son avocat :

— Agent Booth, je m'élève contre votre attitude et vos sous-entendus. Marty Gramatica était mon ami, depuis des années... et aussi celui de Vincent. Pourquoi voudriez-vous que je l'aie tué ?

Booth avait repris son sang-froid :

— Parce qu'il vous a doublés.

— Ça, c'est vous qui le dites.

— Ce n'est pas moi, c'est notre témoin.

Un fin sourire aux lèvres, le truand haussa les épaules.

Booth en éprouva un frisson. Les Gianelli étaient cuits. Comment le « Plombier » trouvait-il encore le moyen de le railler ?

D'un seul coup, Booth sentit que quelque chose ne tournait pas rond…

Comme pour lui donner raison, la porte s'ouvrit sur l'agent spécial Josh Woolfolk qui apparut dans l'encadrement.

— Ce n'est pas le moment ! lança McMichael d'un ton irrité.

— Je sais, monsieur, pardon, mais…

Ce disant, Woolfolk faisait signe à Booth de venir le rejoindre dans le corridor.

Le procureur les fusilla tous deux du regard.

Du côté des Gianelli, on semblait soudain se détendre.

Brun aux yeux noirs, le cheveu plat, la paupière lourde, Woolfolk était plus petit et plus mince que son collègue. Il attendait ce dernier devant l'entrée de la salle en surveillant les alentours d'un air las.

— Quoi ? aboya Booth.

— C'est… c'est… Musetti…

Booth se raidit, comme au temps où, tireur d'élite, il venait d'accrocher son objectif.

Tout, autour de lui, avait ralenti et semblait s'arrêter. Il respira sans respirer, ne ressentit ni colère, ni tension, ni rien.

Il n'y avait que lui, la détente et la cible.

En l'occurrence Woolfolk.

— Quoi, Musetti ?

— Il est parti.

Le calme intérieur de Booth explosa :

— Où ?

— Mais je n'en sais rien, moi !

Booth respira un grand coup, se concentra de nouveau sur son objectif :

— Et les quatre agents qui veillaient sur lui ?

L'autre déglutit :

— Partis, aussi.

— Comment ça, partis ? Où… comment… ?

— Aucune idée.

L'esprit de Booth fonctionnait à toute vitesse.

— Quelles sont les dernières nouvelles qu'ont ait eues d'eux ?

— Ils sont arrivés dans la maison sécurisée ce matin pour le petit déjeuner. Deux agents se sont pointés à midi avec le déjeuner pour trouver les lieux vides… abandonnés.

Les mains sur les hanches, Booth toisait son collègue.

— Et depuis on n'a aucune nouvelle d'eux ?

— Pas un mot.

Le procureur vint les rejoindre en prenant soin de bien fermer la porte derrière lui.

— Qu'est-ce qui se passe ? souffla-t-il.

— Ils ont tous disparu, dit Booth.

Le teint de McMichael vira au gris.

— Qui ? Que… ?

Booth énonça ce qu'il venait d'apprendre.

— Musetti et quatre agents du FBI ? répéta McMichael. Disparus ? Ce n'est pas possible !

— On dirait que si, marmonna Booth les yeux sur la porte close. Et ceux qui sont au courant ne risquent pas de nous dire grand-chose… Je saisis maintenant pourquoi ils avaient l'air si contents d'eux en arrivant. Ils savaient que Musetti allait disparaître ; et quel meilleur alibi pour eux que de se trouver à ce moment-là face au procureur fédéral qui les poursuit depuis des années ?

— On va les perdre, souffla ce dernier atterré. Le Plombier va encore tirer quelques chasses d'eau.

— En ce qui me concerne, je me préoccupe davantage de la vie de nos quatre agents.

— Je comprends…

— J'ai envoyé la police de Chicago inspecter la maison sécurisée, annonça Woolfolk.

— Bien.

— Et une autre équipe se charge d'analyser les données du problème.

Le remerciant d'un mouvement de la tête, Booth rentra dans la salle, à peine conscient d'être suivi par les deux hommes.

Il regagna sa place, les yeux fixés sur Raymond Gianelli.

Celui-ci ne cilla pas.

Sur le coup, il l'aurait bien plaqué au mur avant de lui coller son pistolet sur le front pour lui demander où se trouvaient ses hommes…

… mais le prix à payer serait plus élevé que les avantages qu'il pourrait en tirer.

Il ne quittait pas Gianelli du regard, tout en s'efforçant de chasser ses émotions, d'apaiser sa colère, de redevenir le calme tireur d'élite qu'il avait été.

Il demanda d'une voix posée :

— Pourriez-vous me dire où ils sont ?

Gianelli prit l'air étonné :

— Qui sont où… ?

— Si vous voulez passer un accord c'est le moment ou jamais, pour vous comme pour votre fils.

— Pourquoi voudriez-vous que je passe un accord alors que je suis innocent ? C'est aux coupables qu'il faut proposer ça. Moi je n'ai rien à voir là-dedans.

Booth préféra ne pas répondre. Inutile de perdre son temps avec cette ordure quand la vie de collègues était en jeu.

— Bon, lâcha-t-il. Ce sera tout pour aujourd'hui.

— Vous voulez qu'on s'en aille ? demanda Vincent Gianelli. Alors qu'on a fait tout ce chemin pour venir ici ?

— Oui, intervint McMichael. D'autres affaires viennent de prendre la priorité.

— Comme vous le savez, conclut Booth.

Gianelli père se leva, sourire aux lèvres :

— Je vais vous dire ce que je « sais », agent Booth – je sais ce que signifie le mot harcèlement. Je sais repérer les gens qui pataugent dans la choucroute et me font perdre mon temps.

Booth ne répondit pas.

Maître Selachi secouait la tête.

— Nous venons d'accomplir un énorme effort pour le plus grand désagrément de mes clients et…

McMichael l'interrompit :

— Nous avons une urgence. Il n'y aura pas de dépositions aujourd'hui.

Peu après, Booth suivait Woolfolk dans le parking souterrain.

Ils se rendirent ensemble à la maison sécurisée où Musetti avait été détenu, dans une petite ville non loin de Gary.

La stratégie voulait qu'en l'éloignant de la région desservie par le métro de Chicago, on faciliterait la tâche de ses gardiens. Les supérieurs de Booth avaient choisi un petit bourg du nom d'Ogden Dunes, en plein parc national d'Indiana Dunes.

Booth avait trouvé ce choix des plus judicieux. A l'évidence, il se trompait…

Malgré son gyrophare, Woolfolk passa près d'une heure à échapper aux embouteillages de Chicago avant de prendre sur la gauche la bretelle menant à la route d'Ogden Dunes.

La première chose qui frappait le visiteur à l'entrée dans cette agglomération semi-privée, sur la rive sud du lac Michigan, c'était ce ralentisseur de la taille du mont Rushmore ; ensuite venait la guérite du gardien équipée d'un énorme stop accroché au-dessus de leurs têtes.

En principe, un gardien en uniforme aurait dû apparaître pour demander au conducteur chez qui il se rendait, avant de rentrer téléphoner pour vérifier.

Depuis dix jours, celui-ci avait été remplacé par l'un des agents du FBI chargés de la protection de Stewart Musetti, chacun à son tour enfilant l'uniforme de gardien.

Mais, alors que Woolfolk arrêtait sa Crown Victoria devant la guérite, personne n'en sortit.

Deux hommes s'approchèrent de la voiture, revêtus de la tenue typique des agents du FBI : costume gris et lunettes noires.

Celui qui se présenta du côté passager tenait un pistolet à la main tout en le cachant derrière sa jambe.

Côté conducteur, l'autre homme arborait sans vergogne un MP5. Il se pencha vers Woolfolk qui tendait déjà sa carte.

Aux yeux de Booth, toutes ces mimiques ne valaient pas mieux que fermer la porte de l'écurie alors que le cheval s'était déjà échappé. En l'occurrence, le cheval, quatre cavaliers, la selle, l'affaire et sa carrière…

Il baissa sa vitre pour montrer sa carte au grand type blond qui ôta ses lunettes pour mieux l'examiner. Il avait les yeux très bleus. Booth l'avait déjà vu au bureau de Chicago mais ignorait comment il s'appelait.

L'agent lui adressa un signe de la tête poli et remit ses lunettes.

— Qu'est-ce qui s'est passé ? demanda Booth.

Son interlocuteur ne répondit que d'un vague haussement d'épaules.

De l'autre côté de la voiture, son camarade faisait signe à Woolfolk de passer.

Ils parcoururent quatre cents mètres avant de tourner à droite dans une rue transversale pour aller se garer devant la troisième maison à droite, une bâtisse blanche aux volets noirs.

Deux voitures de police étaient garées devant, ainsi que deux autres Crown Vic et un 4×4 de la police scientifique. Des badauds s'étaient arrêtés, follement intéressés. Pour une fois qu'un peu de distraction venait animer cette communauté des plus apathiques...

Les Gianelli disposaient certes de grands moyens mais ils n'auraient jamais connu cette adresse sans la complicité d'un membre du bureau... perspective qui ajoutait la nausée à la rage de Booth.

Deux tâches essentielles l'attendaient maintenant : trouver Stewart Musetti et démasquer le vendu qui avait trahi l'adresse du refuge.

— Qui est le patron ? demanda-t-il en sortant de la voiture.

— Dillon, répondit Woolfolk en accrochant son badge sur sa poitrine. Il doit être à l'intérieur.

Robert Dillon dirigeait le bureau de Chicago depuis des années. Malgré son sale caractère, il savait se montrer toujours juste et Booth le respectait.

Alors qu'il allait franchir la porte d'entrée, il laissa le passage à deux techniciens qui sortaient.

L'un était un Afro-Américain de haute taille du nom de Bell à en croire son badge, l'autre une rousse presque aussi grande et mince que son coéquipier. Un seul nom apparaissait sur sa poitrine : Smith.

— Il y a du nouveau ? demanda Booth.

La femme lui décocha un sourire morne.

— Pas grand-chose.

— Cet endroit est plus propre que mon appartement, renchérit Bell.

Les deux techniciens continuèrent vers leur voiture tandis que Booth et Woolfolk franchissaient le seuil de la maison.

A part quelques meubles des plus passe-partout, le salon paraissait vide : un canapé contre le mur, deux fauteuils autour, une télévision sur sa console, devant une large fenêtre.

Booth posa la main sur l'écran : froid.

Les deux agents traversèrent une salle à manger. Quatre chaises entourant une table en chêne carrée, des sets sur la table, des rideaux aux trois fenêtres ensoleillées. Il n'y avait plus qu'à mettre le couvert.

Dans la vaste cuisine, ils tombèrent sur un agent que Booth avait connu à l'école de police, un grand gaillard à la face rougeaude du nom de Mike Stanton.

Les bols du petit déjeuner traînaient sur la table, l'attaque ayant sans doute eu lieu au beau milieu du repas. Rien ne semblait déplacé, ce qui laissait entendre que les agents n'avaient sans doute même pas eu le temps de sortir leurs armes.

— Salut Booth ! lança Stanton.

— Salut ! Où est Dillon ?

— Dehors avec les voisins. Il vérifie si les agresseurs ne sont pas passés chez eux.

Woolfolk sur ses talons, Booth franchit la porte de derrière et déboucha dans le jardin.

Dillon s'y trouvait. C'était un solide gaillard d'une cinquantaine d'années, aux cheveux bruns coiffés en arrière, aux yeux noirs, au regard froid. Son nez busqué lui donnait un profil d'aigle.

Deux policiers en tenue et deux inspecteurs l'entouraient, l'air effondré de ceux qui non seulement ne trouvaient pas ce qu'ils cherchaient mais ignoraient ce qu'ils cherchaient.

A l'approche de Booth, Dillon le salua d'un mouvement de la tête.

— Ils sont passés par l'entrée principale, lança-t-il abruptement, la suite reste à reconstituer... Ils ont dû prendre en otage l'agent qui jouait les gardiens pour l'échanger contre Musetti. Mais ce n'est qu'une supposition.

— Bon sang !

— Tout ce qu'on peut affirmer, c'est que Musetti et nos gars ne sont plus là... et qu'il n'y a aucun signe de lutte. Les voisins n'ont rien vu ni entendu. Même la voiture est partie. Les inspecteurs vont ratisser les environs jusqu'au lac pour vérifier s'ils n'auraient pas filé par là. Un bateau pouvait les y attendre.

— En plein jour, au milieu des gens à la plage ? Ça m'étonnerait.

— Je veux bien, mais on vérifie quand même. Et c'est vous que je charge de l'affaire, Seeley.

— On est bien d'accord. Mais l'affaire Gianelli proprement dite ?

Les traits de Dillon se durcirent.

— Sans Musetti, il n'y a plus d'affaire Gianelli.

— Je ne le conteste pas non plus.

— Parfait, alors au travail. Logez-moi Musetti et nos quatre agents.

— Oui, chef.

— Woolfolk travaillera avec vous. Récupérez Musetti, ça rendra service à toute la brigade.

Booth fit demi-tour et allait rentrer lorsque la voix de Dillon l'interpella :

— Vous trouverez sur votre bureau avant ce soir le peu d'informations qu'on aura recueillies. Entre-temps, commencez l'enquête... voyez s'il n'y aurait pas de témoin quelque part, qui sait ?

— Oui, chef.

A minuit, Booth était encore au travail ; tout le monde était parti depuis longtemps lorsque le réceptionniste de garde l'appela pour lui dire de venir à l'accueil. Quatre agents du FBI l'y attendaient...

... les collègues chargés de veiller sur Musetti.

L'un d'eux portait encore l'uniforme du gardien de la guérite.

Il raconta comment une voiture s'était arrêtée devant lui, comment des hommes équipés d'armes automatiques avaient surgi derrière lui pour le faire prisonnier. Ensuite, ainsi que Dillon l'avait suspecté, les agresseurs s'étaient rendus à la maison sécurisée où ils s'étaient servis de lui pour s'emparer de Musetti.

— Ils nous ont ligotés et bâillonnés, nous ont bandé les yeux et nous ont mis dans une espèce de camionnette ; ils ont roulé un bon moment en formant des cercles pour qu'on perde tout sens de la direction. Je suis sûr qu'aucun de nous ne savait plus où il se trouvait...

Booth les fit monter dans son bureau et les interrogea longuement mais n'en tira que peu d'informations.

Aucun des agents ne sut lui dire où ils avaient été retenus ; quant à Musetti, il avait été emmené dans un autre véhicule... et tous quatre estimaient que leur témoin ne pouvait qu'être mort à l'heure qu'il était.

Aucune contestation possible sur ce point là non plus.

La situation semblait sans issue, ce qui n'empêcha pas Seeley Booth de chercher partout, durant les quarante-deux jours qui suivirent, Stewart Musetti.

Il travaillait entre soixante et quatre-vingts heures par semaine, ne s'interrompant que pour manger et dormir.

Il interrogea l'amie de Musetti, son ex-épouse, les Gianelli, toutes les femmes, tous les hommes, tous les enfants qui auraient pu avoir le moindre contact avec la famille Gianelli... sans succès.

Les moindres indices récoltés dans la maison sécurisée avaient été examinés sous tous leurs angles, classés puis abandonnés.

Au bout de six semaines, il se retrouvait à la tête de piles de dossiers ne menant à rien ; il avait des poches sous les yeux et l'impression que Stewart Musetti avait disparu à jamais... ainsi que les poursuites à l'encontre de Raymond et Vincent Gianelli.

Le chaud été fit place à un doux automne.

La grève des éboueurs toucha à sa fin. La sécheresse continua mais le temps moins lourd permit à Chicago de respirer.

Une seule chose n'avait pas changé depuis le début de cette affaire : Booth travaillait toujours jusqu'à minuit.

Le quarante-troisième soir, il s'apprêtait à partir lorsque le téléphone sonna. Il décrocha :

— Booth.
— Bonsoir, c'est Barney.
— ... Barney ?
— Vous savez, le réceptionniste.
— Ah oui ! Pardon, je n'avais pas reconnu votre voix.
— Vous êtes le dernier responsable encore présent,

alors je commence par vous. J'ai quelque chose à vous montrer.

Booth n'avait aucune envie de perdre son temps.

— Qu'est-ce que c'est ? demanda-t-il.

Le réceptionniste ne répondit pas tout de suite.

— C'est… enfin, des os… Voyez-vous, une espèce de… squelette ?

Booth raccrocha, enfila sa veste et se précipita vers l'ascenseur.

Deux minutes plus tard, il déboulait à l'accueil où il trouva ledit Barney, un brave bonhomme tout rond et grisonnant qui l'accueillit en désignant la porte avec des yeux ronds.

A l'extérieur, sur le trottoir de Plymouth Square, Booth aperçut l'objet de sa confusion. Il se rua dehors et tomba effectivement sur un squelette humain.

Il commença par regarder autour de lui, au cas où il repérerait le mauvais plaisant qui pensait préfigurer Halloween… mais ne vit personne.

Alors il s'avisa, non sans un haut-le-cœur, que ce devait être tout ce qu'il restait de son témoin vedette.

Sous les lampes à vapeur de mercure qui illuminaient Plymouth Square, les ossements paraissaient très blancs, presque décolorés. C'est alors que Booth distingua autre chose qui lui parut encore plus étrange.

Des fils métalliques retenaient chaque os.

Quelqu'un s'était donné la peine de les assembler pour former ce squelette digne de ceux qui ornaient les salles de classe en cours de science au lycée.

Entre les doigts de pied, il aperçut un bout de papier.

Un message ?

Sa curiosité le poussait à s'en emparer, son entraînement à n'en rien faire.

Il sortit son téléphone mobile.

— Qu'est-ce que je fais ? demanda Barney derrière lui.

— Appelez la police et dites-leur ce qui se passe. Je reste ici en attendant.

— Oui. Je, euh... je suis sûr qu'il ne va pas s'en aller.

— Je m'en doute, mais vous oui.

Le réceptionniste parti, Booth composa le numéro de Woolfolk ; lorsqu'une voix endormie lui répondit, il exposa la situation.

— C'est Musetti ? demanda son collègue.

— C'est un squelette, point. Comment voulez-vous que je le sache ?

— C'est bon... Qu'est-ce que je dois faire ?

— Rappliquer illico. Je veux voir les vidéos des caméras de surveillance de ce bâtiment et de tous ceux du quartier. On nous a laissé un drôle de cadeau, je veux savoir à qui adresser la carte de remerciements.

Il raccrocha et s'abîma dans la contemplation des ossements.

Musetti ?

Peut-être. Mais, comme il l'avait dit à Woolfolk, comment le savoir ?

Au moins connaissait-il quelqu'un qui pourrait lui répondre sur ce point.

Il consulta sa montre : sur la côte Est, ils avaient une heure d'avance, ce qui donnait près de deux heures du matin.

Elle serait furieuse, mais Booth n'avait pas le choix. C'était elle qu'il lui fallait.

Il composa son numéro et appuya sur la touche verte.

2

Temperance Brennan était mécontente.

Ce qui n'avait rien de nouveau avec l'agent spécial Seeley Booth.

Sur sa table d'autopsie du Jeffersonian Institute, un Indien de huit cents ans attendait, une flèche fichée dans la poitrine. Et c'était sur lui qu'elle avait envie de se pencher… comme ç'avait été le cas jusqu'à ce que le Dr Goodman l'appelle pour lui dire que Booth réclamait ses services.

Elle avait à peine eu le temps de rentrer chez elle pour y préparer ses bagages et filer vers l'aéroport à temps pour le premier avion du matin. Tout ça pour se retrouver à midi, heure locale, dans un hôtel de troisième catégorie à Chicago. Alors qu'elle n'avait pas fermé l'œil depuis vingt-quatre heures.

Pas étonnant que ses mains tremblent alors qu'elle manipulait son forceps pour tirer l'ignoble dessus-de-lit qu'elle alla jeter dans un coin d'un air dégoûté.

Son attitude aurait pu paraître quelque peu déplacée pour une scientifique de son calibre mais c'était juste un peu de paranoïa.

Une légende des plus crédibles courait parmi les policiers et les légistes selon laquelle l'expert en ADN qui avait manipulé le couvre-lit de l'hôtel d'Indianapolis à sept cent cinquante dollars la chambre, dans l'accusation de viol contre Mike Tyson, y avait trouvé plus de cent traces dont aucune n'appartenait à Tyson.

Alors dans ce genre d'établissement...

Déposant le forceps sur la table de nuit, elle se laissa tomber tout habillée sur les couvertures, appuyant la tête sur l'oreiller. Elle s'efforça de faire le vide dans son cerveau.

Elle entendit quelque chose dans le lointain, une sorte de battement, sans pouvoir définir de quoi il s'agissait.

Au bout d'un laps de temps, elle l'entendit de nouveau.

La troisième fois, elle se rendit compte qu'on frappait à la porte. En fait, elle s'était endormie et n'aurait su dire si ç'avait été dix secondes ou dix heures.

Elle jeta un coup d'œil sur le réveil : dix-sept heures dix-sept. Plus de quatre heures.

Enfin, elle parvint à se lever, grimaça en apercevant dans la glace ses cheveux défaits, jeta un coup d'œil dans le judas.

Comme si elle en avait eu besoin.

Elle ouvrit la porte sur l'agent spécial Booth. Il avait l'air encore plus grave qu'elle, pas furieux mais inquiet ; en l'apercevant, il se fendit d'un sourire de travers.

— Salut, Bones ! lança-t-il. Merci d'être venue.

— Je vous ai déjà dit de ne pas m'appeler comme ça !

— C'est la première fois, aujourd'hui.

Il lui donnait envie de le gifler.

L'air innocent, il pénétra dans la chambre.

— Je ne vous ai pas dit d'entrer, grommela-t-elle.

— Enfin, Bones, vous allez le faire, non ?

— Je ne sais pas. Et cessez de me traiter de sac d'os. Vous savez que j'ai horreur de ça.

— Il y a des filles qui adoreraient. Ecoutez, c'est urgent. Je suis venu frapper à votre porte toutes les heures. Je commençais à me demander si vous n'étiez pas dans le coma.

Elle comprit alors que les « laps de temps » entre chaque bruit avaient duré plus qu'elle ne l'aurait cru.

— Je dormais, Booth. Vous m'avez téléphoné au beau milieu de la nuit. Je n'ai pas eu le temps de me reposer. Vous ne dormez donc jamais ?

— Je pensais que vous alliez le faire dans l'avion... Désolé de ne pas vous avoir avertie directement mais vous savez, tous ces intermédiaires... Et puis je ne voulais pas vous tirer du lit pour rien...

Bien sûr, ça ne sonnait pas juste ; elle détourna la tête tandis qu'il poursuivait :

— Si vous n'avez plus entendu parler de moi depuis un moment c'est que...

— Pas besoin de me donner de raison.

— Je suis sur une affaire importante, peut-être la plus grosse qui concerne la mafia depuis Gotti. Notre principal témoin a disparu et maintenant on jette un squelette devant notre porte. Il faut que je sache de quoi il retourne. Vous pourrez certainement le faire parler.

— Un squelette humain ?

— Non, maugréa-t-il, une grenouille.

Tous deux s'efforcèrent de sourire à ce qui se voulait une plaisanterie. S'ensuivit un silence gêné. Ni lui ni elle ne savaient plus quoi dire.

Elle pensait à sa meilleure amie au Jeffersonian, Angela Montenegro, qui trouverait tout de suite la réplique adéquate, mais ce n'était pas son cas.

Dans le doute, s'en tenir au boulot.

— Où est ce squelette ? demanda-t-elle.

— Au bureau fédéral de Chicago.

— A votre porte, comme vous disiez.

— Il y en a qui ne reculent devant aucune provocation.

— Bon, je vais jeter un coup d'œil. Et on pourra déménager ce squelette.

Là-dessus, elle prit son sac et passa devant lui en prenant la direction des ascenseurs.

— Comment ça, le déménager ?

— Ne me dites pas que vous avez des tables d'examen au FBI.

— Non, d'accord. Vous voulez un labo.

Elle se retourna, sourire aux lèvres :

— C'est ça. Et je vous signale que vous auriez fait de sérieuses économies en m'expédiant directement le squelette au lieu de me faire venir ici... ce que je vous aurais dit au téléphone cette nuit, si vous vous étiez donné la peine de m'appeler directement.

Booth appuya sèchement sur le bouton fléché vers le bas.

— Vous n'avez qu'à me faire un procès. En attendant, j'ai besoin de vous ici.

— Je suis là, non ?

— Bones, c'est ici que ça se passe...

— Mais le labo est à Washington.

Il afficha une expression conciliante :

— On vous trouvera toutes les installations que vous voudrez à Chicago.

Les portes de la cabine s'ouvrirent. Ils étaient seuls dedans, ce qui n'incitait pas pour autant à la conversation. Tous deux gardèrent les yeux fixés sur le panneau d'affichage des étages tels des inconnus qui ne chercheraient qu'à s'éviter.

— Au Field muséum, murmura-t-elle.

— Quoi ? Le truc des dinosaures ? Ils n'ont pas de labo !

— Vous parlez comme un gamin de huit ans.

— Je ne fréquente pas beaucoup les musées.

— J'ai cru comprendre.

— C'est vers le lac, non ?

— Si. Pas vers l'aquarium, ni au musée des Sciences et de l'Industrie. Le Jeffersonian entretient de bons rapports avec le Field. Si vous voulez, je peux appeler le Dr Goodman et…

— Laissez. Je m'en charge. Vous tenez à voir ces os sur place ou je vous les fais porter au musée ?

— Vous avez photographié la scène de crime ?

— D'après vous ?

— Alors faites-moi livrer ce squelette, qu'on gagne du temps.

Comme ils sortaient de l'ascenseur, Booth avait déjà collé son mobile à l'oreille.

Le temps que sa Crown Vic soit amenée, il avait obtenu une salle d'examen au Field muséum et envoyé une équipe d'agents y transporter le squelette qui avait des chances d'arriver sur les lieux avant Booth et Brennan.

En remontant Lake Shore Drive, avec Booth au volant, Brennan se demanda si elle ne vivait pas les dernières minutes de sa vie.

— Vous tenez à nous tuer ? s'exclama-t-elle lorsqu'il manqua de peu un camion de livraison.

— Je suis pressé. Expliquez-moi une chose…
— Quoi ?

Il lui jeta un regard pas totalement glacial.

— Vous êtes timide ou téméraire ? Je n'ai jamais réussi à me faire une idée.

— C'est parce que je suis une énigme ambulante.

— Ah ! C'est bon à savoir… Mais je suis pressé parce que je voudrais savoir autre chose : qu'est-ce qu'il y a exactement dans ce fichu message ?

— Euh… quel « fichu message » ?

— Celui qu'on a accroché à son pied.

— Quoi ? Une étiquette ?

— Non, autre chose.

— Vous ne l'avez pas lu ?

— Je voulais que tout reste en l'état jusqu'à votre arrivée. Je sais que vous êtes à cheval sur ce genre de détail.

— Quoi ? Sur les indices ?

— Ecoutez, Bones, je ne suis pas complètement idiot ! Je n'ai pas oublié que vous tenez à connaître tous les détails d'une affaire… alors je vous les ai préservés, du mieux que j'ai pu.

— Bon, je ne voulais pas vous froisser… Je suis fatiguée, c'est tout… Mais pourquoi est-ce que vous n'avez pas lu ce message ?

— Parce qu'il s'agissait d'un… squelette, quoi ! Vous me tombez toujours dessus quand je touche à quelque chose. Et maintenant vous me tombez dessus parce que je n'ai touché à rien. Quand est-ce que j'aurai raison, avec vous ?

Brennan se demandait encore pourquoi Booth et elle ne pouvaient passer plus de cinq minutes sans se disputer. Angela ne s'était pas gênée, un jour, pour lui dire que c'était une « tension sexuelle ».

Brennan avait une autre théorie.

Elle savait très bien qu'elle passait trop de temps en compagnie des morts – qui avaient le bon goût de ne jamais répondre – et que son sens des relations publiques s'en ressentait. Ce qui ne voulait pas dire pour autant qu'elle devait faire un effort pour entretenir des rapports à peu près normaux avec les hommes qui croisaient sa route.

— Excusez-moi, murmura-t-elle.

Les morts étaient moins compliqués; elle savait communiquer avec eux et, à la fin de la journée, elle en aidait parfois un à retrouver son identité, sa famille.

Avec combien de vivants pouvait-elle se vanter d'en avoir fait autant?

Certainement pas avec Pete, son ex. Au mieux, elle avait contribué à l'enfoncer davantage dans l'imbroglio de sa vie. Mais à quoi bon s'en vouloir? Pete était embarqué dans son naufrage bien avant de la connaître.

En tout cas, à cette époque de son existence, Temperance Brennan se sentait beaucoup mieux en présence d'un tas d'os comme celui qui l'attendait au Field muséum qu'avec quatre-vingt-dix pour cent des hommes qu'elle pouvait rencontrer. Elle jeta un coup d'œil vers Booth. A part lui.

Peut-être.

Il passa le reste du trajet à lui parler du témoin disparu, Stewart Musetti, et de ses doutes au sujet du squelette.

Ils furent accueillis à l'entrée du muséum par une jolie Américaine d'origine asiatique, aussi grande et mince que Brennan. Elle portait une blouse blanche sur un chemisier rouge et un pantalon noir, ses cheveux aile de corbeau lui retombant sur l'épaule. Elle avait d'immenses yeux noirs, un nez droit et de petites dents blanches parfaitement alignées, qui brillaient quand elle souriait.

— Bonjour, lança-t-elle. Je suis le Dr Jane Wu.

Booth lui serra la main et la gratifia de son bon sourire de toutou. Evidemment.

— Ravi de vous connaître, affirma-t-il avant de se tourner vers Brennan. Et voici...

— Le Dr Temperance Brennan, coupa-t-elle en serrant la main de cette dernière. Je suis tellement contente de faire enfin votre connaissance !

— Moi aussi, dit Brennan.

— Vous aviez entendu parler d'elle ? demanda Booth.

— Oh oui ! s'empressa de répondre le Dr Wu. Les travaux du Dr Brennan et de son équipe sont connus du monde entier.

Booth s'arracha un demi-sourire.

— Ah ! Je savais que Bones était douée mais j'ignorais qu'elle avait une telle rép...

Le Dr Wu l'interrompit de nouveau pour s'adresser à Brennan les yeux écarquillés :

— Il vous appelle Bones ?

— Oui, j'ai beau lui répéter que je n'aime pas ça, il n'en fait qu'à sa tête.

Le Dr Wu considéra l'agent du FBI d'un air consterné :

— Vous n'avez donc aucun respect !

— Vous savez, nous sommes amis... enfin collègues de longue date et...

Elle le fit taire d'un geste :

— Savez-vous qu'en matière d'anthropologie, le Dr Brennan est au moins aussi célèbre que Magic Johnson en basket ?

— Je ne vois pas ce que vous voulez dire, objecta Brennan.

— Ce n'est rien, sourit le Dr Wu. Manifestement, vous ne maîtrisez pas le langage « mecs »... moi, c'est ma langue maternelle. Bien obligée dans ce genre de ville. J'ai juste traduit à ce monsieur l'équivalent de votre potentiel.

— Oui, approuva Booth, et j'ai compris.

Brennan, qui trouvait l'attitude de leur hôtesse un rien condescendante, objecta :

— Ce n'était pas un compliment, Booth.

— Mais si ! Elle vous a comparée à...

— Non, je veux dire vis-à-vis de vous !

— Bof ! Au moins j'ai saisi le topo.

Le mobile du Dr Wu sonna et elle plongea la main dans sa poche pour l'en sortir :

— Oui ?

Elle écouta un instant, remercia et raccrocha.

— Pardon, dit-elle à ses hôtes. C'était mon patron qui m'avertissait que votre colis venait d'arriver. Vous voulez le voir ?

— Oui, dit Brennan.

Contournant le comptoir de la réception, le guichet et la file des gens qui attendaient d'entrer, le Dr Wu les mena vers une porte sur la droite, qu'elle ouvrit et referma soigneusement derrière eux.

Ils se retrouvèrent dans un long corridor blanc longé de salles et de bureaux, passèrent le premier portail et se retrouvèrent dans une cage d'escalier grisâtre.

Ils s'arrêtèrent sur le palier tandis qu'elle donnait un nouveau tour de clef dans la serrure. Puis elle les fit descendre. Leurs talons claquèrent sèchement sur les marches de béton.

— Il y a longtemps que vous travaillez là ? demanda Brennan.

— J'ai commencé au bas de l'échelle il y a une quinzaine d'années, tout en poursuivant mes études. Je lavais par terre. Petit à petit, j'ai gravi les degrés. J'ai même été guide à une époque… mais, la plupart du temps, je suis restée dans l'anonymat des salles de recherche.

Au pied de l'escalier, le Dr Wu ouvrit une autre porte qui donnait sur un vestibule mal éclairé. Cette fois, la pièce où elle les fit entrer était ouverte.

C'était un endroit plein de classeurs et de tiroirs alignés en trois rangées, qui sentait le désinfectant. Au milieu, trois grandes tables métalliques occupaient à peu près toute la place et les étagères du fond étaient remplies de toutes sortes d'instruments et de fioles.

Ce n'était certes pas aussi moderne et bien éclairé que son propre labo mais Brennan s'y sentit aussitôt chez elle.

Et le sac noir étalé sur la table centrale ne jurait pas dans le décor.

— Voici votre squelette inconnu, dit le Dr Wu.

Avant toute chose, les deux anthropologues enfilèrent des gants de latex, ainsi qu'une blouse blanche pour Brennan. Celle-ci s'avança vers la table tandis que sa collègue se plaçait de l'autre côté pour l'assister.

Brennan commença par défaire la fermeture à glissière du sac mortuaire.

Elle remarqua immédiatement deux choses.

D'abord, le squelette était maintenu par des attaches en fil de fer ; ensuite, plusieurs os en étaient décolorés.

Ils émettaient une vague odeur de terre. Brennan n'était pas du genre à tirer des conclusions hâtives, cependant, elle se dit aussitôt qu'ils avaient dû passer un certain temps ensevelis.

— Ce pourrait n'être qu'un canular, indiqua-t-elle à Booth.

— Un canular ? répéta-t-il incrédule.

— Vous en rencontrez souvent des squelettes rafistolés sur le terrain ?

— Jamais, marmonna-t-il.

Il n'aimait pas cela.

— Autrement dit, les chances pour qu'il s'agisse de votre témoin…

— Vu, je dois reconnaître que je suis peut-être allé un peu vite en besogne.

— Attendez, personne autour de vous n'a pensé qu'il pouvait provenir de potaches en sciences nat ?

Il eut un sourire contrit :

— Vous savez, Bones, au FBI on ne remet pas trop en question notre crédibilité.

— Vous devriez.

— Ecoutez, ce fil de fer, je l'avais déjà repéré tout seul. Bien sûr qu'il m'a rappelé l'école… mais ça n'avait aucun rapport.

— Que vous dites ! Rien de plus facile que de mettre la main sur un squelette puis de vous le balancer dans les pattes.

— Vous avez peut-être raison.

Les deux femmes souriaient ouvertement.

— Quoi ? demanda Booth sur la défensive.

— On plaisante, expliqua le Dr Wu. C'est sûr qu'il reste tout à fait légal d'acheter des os humains aux Etats-Unis, mais un squelette coûterait des milliers de dollars… tandis que sa reproduction en plastique ne reviendrait qu'à trois cents.

— Il n'empêche, renchérit Brennan, qu'on en trouve

encore de vrais dans certaines écoles... ils sont en général assez petits, ils proviennent d'Inde... Sans pour autant exclure qu'on pourrait se trouver en présence d'une méchante farce.

— Vous croyez ?

— Oui, des petits plaisantins qui se seraient introduits dans un cimetière...

— Ah...

— Mais j'en doute...

— Pourquoi ?

— Parce qu'ils sentent la terre.

— Justement, vous ne pensez pas que ça prouverait...

— Non, la plupart des cadavres sont inhumés dans des cercueils, pas à même le sol.

— Evidemment. Vous avez raison.

Brennan et le Dr Wu sortirent le squelette du sac mortuaire.

La jeune anthropologue commença par l'examiner succinctement puis interrogea sa collègue du regard. Le Dr Wu semblait tirer les mêmes conclusions qu'elle.

— Booth, déclara Brennan. Ce n'est pas un canular. Ou alors il a coûté très cher.

— Vous êtes sûre ?

— D'abord, ces os ne sont pas en plastique – je peux vous le garantir.

— Vous voyez déjà ça ? C'est Musetti ?... Euh, excusez-moi, je sais que c'est impossible...

Elle haussa un sourcil.

— Pas du tout.

— Ah bon ?

— En temps normal, j'aurais eu besoin de certains éléments de comparaison pour appuyer mon identification... mais en la circonstance, je peux vous dire que ce squelette ne correspond absolument pas à Stewart Musetti. Ou plutôt, qu'il ne lui correspond pas complètement.

— Je m'en doute. La dernière fois que je l'ai vu, il avait davantage de peau, de cheveux et de... euh... de viande.

— Non, vous ne comprenez pas.

— Quoi ?

— Ce squelette ne provient pas du corps d'une seule personne.

Booth écarquilla les yeux.

— Pardon... ?

— Il s'agit d'un squelette reconstitué.

— C'est pas vrai !

— Il suffit de voir le fémur, intervint le Dr Wu. Vous savez où il se trouve ?

— Le grand os de la cuisse.

— Exactement. Regardez ces deux-là. Vous ne remarquez pas de différence ?

Booth s'approcha pour examiner le fémur droit de plus près ; à en juger par son expression, il ne voyait rien de spécial.

Brennan ne le quittait pas des yeux.

Il se pencha plus près, observa le fémur gauche puis désigna les traces noires qui striaient les têtes à chaque extrémité.

— Celui-ci a été cassé ? interrogea-t-il.

— Vous avez mis le doigt dessus ! répondit le Dr Wu avec un sourire. Mais vous en tirez une conclusion erronée.

Elle ouvrit un tiroir d'où elle sortit deux longs os dont un qu'elle aligna en parallèle avec celui du squelette. Il portait également de fines striures.

— A la naissance, expliqua-t-elle, nos os ne sont pas complètement formés. La diaphyse est là mais l'épiphyse...

Booth la regardait avec des yeux ronds.

— ... les extrémités arrondies, rectifia-t-elle, présentent un cartilage qui ne devient os que petit à petit. Ces striures montrent que le cartilage n'est pas encore complètement consolidé.

— Si je comprends bien, le fémur gauche appartenait à quelqu'un de plus jeune que le corps d'où provenait le droit.

— Bien vu, approuva Brennan.

— Et on peut savoir quel âge ils avaient ?

— Le droit est parfaitement formé. Il provenait d'un adulte.

— Et le gauche ?

— D'un ado, dit le Dr Wu. Un moins de vingt ans.

— Parfait. Vous avez encore beaucoup de conclusions d'expert à me donner ?

— Ce bassin appartient à un homme, dit Brennan. L'angle sub-pubien est davantage en forme de v, caractéristique masculine, qu'en forme d'u.

— Il correspond à l'un des deux fémurs ?

— On ne pas l'affirmer sans examen plus approfondi, répondit Brennan en secouant la tête. Mais à en juger par la fusion de l'épiphyse sur les os pelviens, je dirais que le fémur droit concorderait mieux avec le bassin... ainsi qu'avec le crâne.

Enchaînant comme si elles travaillaient ensemble depuis des années, le Dr Wu ajouta :

— Les sutures crâniennes sont presque soudées, preuve que la tête provenait d'un adulte.

— De quelle race ?

— A en juger par l'épine nasale haut placée et par l'étroitesse du visage, nous avons affaire à un homme de race blanche.

Brennan approuva de la tête :

— Les arcades sourcilières indiquent également qu'il s'agit d'un homme. Et les deux mâchoires vont nous permettre d'examiner les dents.

— Nous avons donc au moins deux personnes, résuma Booth – un adulte et un adolescent ?

— Oui. Nous en saurons davantage après examen mais, pour le moment... voyons ce message.

Les yeux brillants comme ceux d'un enfant devant l'arbre de Noël, Booth se rapprocha.

A l'aide de son forceps qu'elle venait de stériliser, Brennan souleva le morceau de papier plié en deux, coincé entre les orteils du squelette.

Il ne fallait surtout pas y laisser la moindre empreinte digitale, afin de ne pas contaminer le document qui allait ensuite être confié aux expert du FBI.

L'anthropologue le déposa sur une table voisine puis, à l'aide d'une sonde dentaire empruntée au Dr Wu, elle l'ouvrit précautionneusement.

C'était une feuille blanche des plus ordinaires, rien de spécial... du moins jusqu'à son ouverture complète.

Le texte provenait d'une imprimante d'ordinateur, rédigé dans une police de caractères courante, encore que Brennan n'aurait su dire laquelle – en informatique, elle connaissait juste ce qu'il fallait pour pouvoir taper ses rapports.

Pour les applications plus ésotériques, elle s'en remettait à son jeune et brillant assistant, Zach Addy ; ou – en cas d'extrême difficulté comme l'utilisation du procédé d'imagerie tridimensionnelle qu'elle avait inventé pour identifier les restes – à Angela Montenegro, le génie en informatique du laboratoire.

Mais il ne fallait pas être expert pour constater que le message était tapé en capitales bien espacées.

AU FBI :

J'ESPÈRE QUE MON CADEAU A SU ATTIRER VOTRE ATTENTION. EN FIN DE CARRIÈRE, J'AI PASSÉ DES ANNÉES À BERNER LA POLICE LOCALE QUI S'EST AVÉRÉE INCAPABLE DE M'IDENTIFIER. J'ESTIME DONC QU'IL EST TEMPS DE M'ADRESSER À UN ADVERSAIRE PLUS DIGNE DE MOI. EN EXAMINANT CE CADEAU, VOUS CONSTATEREZ QUE NON SEULEMENT JE SUIS ACTIF DEPUIS UN BON MOMENT MAIS QUE MES CIBLES N'ÉTAIENT PAS DES PLUS FACILES À ATTEINDRE. UNE VICTIME INCAPABLE DE SE DÉFENDRE NE PRÉSENTE QU'UN FAIBLE INTÉRÊT. CELLES QUE VOUS AVEZ SOUS LES YEUX AINSI QUE BIEN D'AUTRES ONT FAIT DE LEUR MIEUX MAIS CELA N'A PAS SUFFI. AUCUNE NE S'EST MONTRÉE À LA HAUTEUR. CE DÉFI S'ADRESSE À VOUS : SAUREZ-VOUS FAIRE CE QU'AUCUNE DES VICTIMES NI LA POLICE LOCALE N'A ENCORE SU FAIRE ? VOUS POURREZ ADMIRER LE RESTE DE MA COLLECTION (ASSEZ CONSIDÉRABLE) SI VOUS PARVENEZ À ME TROUVER.

SAM

— Sam ? interrogea Booth.
Brennan releva la tête.
— On dirait que vous avez un problème.
— On dirait, hein !
— En fait, vous en avez plusieurs. Si ce « Sam » dit la vérité, non seulement vous avez égaré votre témoin vedette... mais vous vous retrouvez avec un tueur en série sur les bras.

Booth eut une moue d'agacement :

— Peut-être qu'il a voulu achever le travail laissé en plan par son fils.

— Là, je suis larguée…

— Mais si! Le « Fils de Sam », David Berkowitz, le tueur en série. Ça ne vous dit rien ? Celui qui a tiré sur une dizaine de personnes, en a blessé une dizaine d'autres, sur ordre du chien du voisin ?

— Ah oui ! J'ai lu un livre là-dessus.

L'agent du FBI paraissait encore plus dérouté qu'en arrivant devant la chambre d'hôtel de Brennan.

— Ça va, Booth ? demanda celle-ci.

— Je ne sais pas. Je n'ai pas l'impression que tout ceci va me permettre de retrouver mon témoin disparu.

— C'est tout ce qui vous intéresse ?

— Non, bien sûr. C'est juste que… avec un tueur en série, mon boss s'empressera de laisser tomber Musetti pour me coller cette affaire.

Le Dr Wu ne parut pas saisir, mais Brennan connaissait la chanson : Booth ne faisait que constater que, comme toujours au FBI, les dossiers s'accumulaient sans qu'il puisse les traiter tous en temps et en heure.

Elle songeait au cadavre de huit cents ans qui l'attendait dans son labo du Jeffersonian.

Et comprenait Booth.

Celui-ci se reprit vite.

— Quand est-ce que vous croyez pouvoir me communiquer des résultats ? demanda-t-il aux deux jeunes femmes.

Brennan et le Dr Wu discutèrent un instant avant que la première ne reprenne :

— On a commencé tard, aujourd'hui. Le musée va fermer et mon équipe au Jeffersonian va regagner ses pénates dans une heure. Le temps qu'on transmette à ceux qui vont pouvoir nous aider le matériel à analyser, on n'aura rien avant demain midi.

Booth ferma les yeux et finit par acquiescer de la tête.

Elle aurait pourtant cru qu'il allait s'emporter, exiger comme d'habitude des réponses immédiates ; mais il ne disait rien, l'air distrait.

— Vous ne partez pas tout de suite ? demanda-t-il.
— Non. Le temps de dépiauter ce squelette, de déterminer combien de personnes le composent... ça pourrait prendre la nuit.
— Vous saurez comment rentrer à l'hôtel ?

Brennan n'en avait pas la moindre idée.

— Je lui appellerai un taxi, intervint le Dr Wu.
— Bon, dit Booth, ça va me donner le temps de reprendre l'affaire Musetti. Mon patron sera rentré chez lui quand j'arriverai au bureau... mais demain matin à la première heure, il voudra savoir où on en est.

Il poussa un soupir.

— Et c'est là, ajouta-t-il, que Musetti va passer au second plan. Je dispose donc de douze heures.

Il prit le forceps de Brennan pour glisser le message dans un sachet preuve en plastique puis s'en alla.

Depuis qu'elle travaillait avec lui, jamais Brennan ne l'avait vu dans un tel état. Heureusement qu'elle le connaissait bien, qu'elle savait comment interpréter cette allure un peu tassée, ce regard vide.

A l'université, les divers concours qu'elle avait dû passer lui avaient permis de rencontrer ce genre d'attitude chez ceux qui travaillaient d'arrache-pied sans obtenir les résultats escomptés.

Cette affaire le minait, il savait qu'il allait perdre la

partie et, pour couronner le tout, voilà qu'un tueur en série leur tombait dessus.

Au moins n'était-il pas seul à lutter.

Elle se promit de trouver un moyen qui leur permette à tous deux de gagner.

3

Pour l'instant, Seeley Booth avait envie de boxer, pas forcément quelqu'un. Un mur ferait l'affaire.

Heureusement que sa formation de tireur d'élite lui avait appris à contrôler ce genre de pulsion ; cependant, il existait encore des occasions, comme ce soir-là, où même la discipline zen en prenait un coup dans l'aile.

L'agent spécial qui dirigeait l'affaire Musetti/Gianelli, Robert Dillon, patron du bureau de Chicago, avait ordonné à Booth, comme celui-ci s'y attendait, de laisser tomber son enquête sur la mafia pour se concentrer sur le tueur en série.

D'autant que celui-ci avait reconstitué son squelette à l'aide de plusieurs corps. Voilà qui lui donnait toutes les priorités sur les membres de la pègre, même lorsque ceux-ci pouvaient servir de témoins et se trouver, vraisemblablement, au fond de la rivière Chicago (ou du lac Michigan ou de Dieu sait quoi). Booth comprenait le raisonnement de son supérieur. A sa place, il aurait tenu le même.

Ce qui ne le consolait pas pour autant. Il venait de

quitter son chef et regagnait son bureau, quelques cassettes vidéo à la main.

Il avait à peine dormi quatre heures.

Après avoir quitté Brennan et le Dr Wu au muséum, il était retourné examiner le dossier Musetti, ainsi qu'il l'avait dit, pour ne repartir chez lui qu'à deux heures du matin.

A moitié endormi, il avait rejoint son hôtel et s'était couché jusqu'à sept heures ; ensuite, il avait pris une douche, changé de vêtements et repris son poste à huit heures.

Dillon était arrivé beaucoup plus tard ; alors seulement, Booth lui avait rapporté les événements de ces dernières vingt-quatre heures.

Au moins avait-il trouvé le moyen de se ménager un coin de mémoire où classer temporairement Musetti. Plus vite le tueur en série serait derrière les barreaux, plus vite Seeley Booth pourrait se mettre à la recherche du témoin disparu.

Le temps qu'il ferme sa porte, qu'il charge son magnétoscope avec la première vidéo de surveillance de l'immeuble, qu'il allume sa télé et se cale dans son fauteuil, il était aussi calme que s'il venait de s'offrir une heure de massage.

Outre l'adresse au tir, l'ancien sniper avait gardé plus d'une qualité propre à ceux de son métier, à commencer par le compartimentage des émotions. Un tireur émotif faisait en général un mauvais tireur.

Il avait surmonté les pires missions militaires en développant cette aptitude à la sérénité quels que soient les lieux et les circonstances.

Il prit la télécommande et appuya sur le bouton de mise en marche.

L'image noir et blanc granuleuse représentait l'entrée

du Dirksen building vue du plafond de la réception où se tenait Barney, le gardien de nuit. Comme la caméra avait été disposée immédiatement au-dessus de sa tête, il était impossible de dire si le bonhomme se trouvait là ou non.

L'entrée était déserte mais ce qui intéressait Booth se déroulait de l'autre côté des baies vitrées. Le magnétoscope ronronnait doucement et Booth ne quittait pas l'écran des yeux, guettant le moindre mouvement.

Dans l'angle inférieur, sous la date, l'horloge égrenait ses secondes. Booth ne voulait pas effectuer d'avance rapide de peur de laisser passer un détail important.

A la septième minute, on frappa à sa porte. Malgré sa sérénité zen, il tressaillit.

Il appuya sur le bouton Pause.

— Quoi ?

Woolfolk passa une tête dans l'embrasure.

Comme toujours, il avait les cheveux parfaitement alignés et l'air totalement hagard. Il portait un costume bleu marine, une chemise bleue, une cravate à rayures bleues et un pin's en forme de drapeau américain à la boutonnière.

Booth, qui se donnait un mal de chien pour paraître à peu près professionnel se sentait toujours comme un gamin devant lui, avec sa chemise défaite et son jean râpé.

— Qu'est-ce qu'il y a ? demanda-t-il.

L'agent lui adressa un léger salut :

— Dillon m'a prié de vous seconder sur l'affaire du squelette.

— Prenez une chaise.

Woolfolk s'exécuta.

— Qu'est-ce qu'on fait ? demanda-t-il.

— On regarde la télé.

Là-dessus, Booth remit le magnétoscope en marche.

Au bout de dix minutes, ils aperçurent une silhouette noire qui tirait un objet devant l'entrée.

L'image avait tellement de grain qu'on distinguait mal ce qui se passait ; Booth nota l'heure indiquée dans l'angle inférieur.

C'était bel et bien leur homme.

Vêtu de noir des pieds à la tête, avec soit un bonnet, soit une capuche. De cet angle, on ne discernait pas ce genre de détail. Le squelette fut placé bien en vue et le type se retourna un instant pour le redresser...

... puis s'éclipsa.

Le tout avait pris vingt secondes.

— On dirait qu'on a sa photo ! remarqua Woolfolk.

— Un peu floue, mais c'est un début.

Sur la bande vidéo, Barney venait d'apparaître dans le champ ; il s'approcha, sembla sursauter avant de filer retrouver son comptoir pour appeler Booth. Cinq minutes de calme plus tard, les deux hommes du FBI entraient en action.

— C'est bon, dit Booth. On peut passer à la bande suivante.

Woolfolk s'exécuta.

Cette fois, la scène était prise de l'extérieur par la caméra installée à l'angle du bâtiment et orientée vers Plymouth Square. Booth accéléra jusqu'à quelques secondes avant l'arrivée du suspect.

Celui-ci apparut alors, déposa le squelette devant l'entrée, redressa les mains et les pieds puis s'en alla tranquillement.

Cette fois, les agents le virent disparaître à l'angle d'une rue.

Booth repassa la scène – le squelette déposé, étalé...

Il tendit l'index :

— Vous avez vu ?

— Quoi ? demanda Woolfolk en se penchant vers l'écran.

— Là, dit Booth en faisant marche arrière.

Parvenu à l'image qu'il attendait, il la figea : le suspect qui se penchait pour étendre les membres du squelette.

— Je ne vois rien de spécial, marmonna Woolfolk.

— Juste là, dit Booth.

— Où ?

Booth se leva, fit le tour de son bureau et vint montrer le bras de l'homme :

— Sa manche s'est soulevée de son gant. On voit sa peau. Il est blanc.

— Ah oui ! En effet.

Booth fit la grimace.

— Ça diminue un peu la liste des suspects, non ?

— Il faut bien commencer quelque part.

Ils repassèrent la bande à plusieurs reprises sans en tirer davantage de renseignements. Les autres enregistrements, qui provenaient des bâtiments voisins et des feux de signalisation, leur permirent de reconstituer les mouvements du malfaiteur sorti à trois rues du Dirksen building, pour ensuite disparaître du champ de vision.

Nulle part, cependant, on n'en voyait davantage que la silhouette noire – le seul progrès significatif étant qu'on pouvait éliminer le bonnet pour ne retenir que la capuche d'un sweat-shirt.

— Où est-ce qu'il a pu passer ? interrogea Woolfolk.

Booth rembobina la bande et la repassa, la rembobina, la repassa, et encore.

— On ne voit rien sur les cassettes, conclut-il.

— Il a bien dû aller quelque part.

Ils examinèrent à nouveau toutes les vidéos.

— Quelque part derrière cet immeuble, indiqua Woolfolk.

Il montrait la bâtisse sculptée au coin d'Adams et de LaSalle Street.

Sur l'image noir et blanc, on ne voyait pas la façade orange foncé qui permettait d'identifier le célèbre édifice même pour ceux qui n'avaient mis les pieds qu'une fois dans cette ville.

— Le Rookery?

— Oui. Je ne travaille à ce poste que depuis février, pourtant je le connais déjà.

Avec un sourire un rien condescendant à l'adresse de son nouveau partenaire, Booth s'adossa à son siège et, du ton d'un guide devant ses touristes, il commença :

— Le Rookery se dresse à l'emplacement occupé par la mairie provisoire édifiée à la suite du grand incendie de Chicago. A l'époque, l'endroit abritait beaucoup de pigeons. A mesure que la construction s'élevait, on lui a donné ce sobriquet qui évoquerait plutôt la cage à lapins. C'est l'œuvre des architectes Daniel Burnham et John W. Root, qui ont dessiné beaucoup des bâtiments les plus célèbres de la ville.

Le regard fatigué de Woolfolk s'était soudain illuminé :

— Comment savez-vous tout ça?

— J'aime la belle architecture. C'était le métier que je voulais faire quand j'étais gamin.

— Je ne vous vois pas en train de construire une

maison. Encore que ce ne soit finalement pas très éloigné de ce que nous faisons.

Booth parut ne pas comprendre ce point de vue.

— On part d'un état des lieux, expliqua Woolfolk, et on organise les pièces du puzzle jusqu'à ce qu'elles prennent un sens. On se remue les fesses pour concrétiser les idées les plus abstraites de façon à fournir la preuve matérielle de la culpabilité d'un criminel... afin de l'empêcher de nuire.

Booth se mit à rire.

— Je ne vous aurais pas cru aussi profond !

— J'en ai autant pour vous. Bon, alors, quelles sont les images qui vous restent de toutes ces vidéos ?

— Pour commencer, la disparition du suspect... soit à l'intérieur du Rookery, qui devait être bouclé à cette heure de la nuit... ou dans une ruelle transversale, ou dans une bouche d'égout... que sais-je ?

— Ensuite ?

— Trouvez-moi d'autres enregistrements effectués dans le quartier ce soir-là, par exemple celui du Rookery. Et puis interrogez leur gardien de nuit.

Woolfolk se mettait déjà en route.

— Et vous, qu'est-ce que vous allez faire ?

— Il faut que je vérifie si nos scientifiques du muséum ont du nouveau sur ce squelette... Quand je reviendrai, on se penchera sur les avis de disparition dans la région, ainsi que sur les tueurs en série signalés ces derniers temps, particulièrement ceux qui s'amusent à défier la police.

— Compris.

— Et n'oubliez pas que, plus vite on aura mis la main dessus, plus vite on pourra reprendre l'affaire Musetti.

Woolfolk acquiesça de la tête et sortit.

Arrivé au Field muséum, Booth dut attendre qu'un employé le mène à travers toutes les portes fermées jusqu'au sous-sol où travaillaient les Dr Wu et Brennan.

Si les anthropologues n'avaient pas changé de vêtements, il aurait juré qu'elles venaient de passer la nuit sur place.

Brennan paraissait toute fraîche dans son pantalon noir et son chemisier gris, de même que le Dr Wu dans son pull à col roulé sans manches et son pantalon gris.

Booth adressa un large sourire à cette dernière, qui le lui rendit.

— Bonjour Dr Wu, bonjour Bones. Alors, où en sommes-nous ?

Brennan haussa les sourcils, façon cavalière de répondre à son bonjour.

— Pour commencer, que ce n'est pas en m'appelant Bones qu'on commencera bien la journée.

— Excusez-moi.

Le Dr Wu croisa les bras :

— Sherlock Bones me semblerait plus approprié, avec toutes les enquêtes qu'elle a menées pour vous.

Remarque qui parut combler d'aise l'intéressée.

Amusé, Booth n'en revint pas moins à sa question initiale :

— Que pouvez-vous dire sur notre squelettique cadeau d'entrée ?

Le squelette en question avait été démantibulé, ses fils de marionnette entassés dans un coin, les os redistribués sur la table pour former un corps.

Booth eut aussitôt l'impression de voir massacrer une pièce à conviction.

— Pourquoi l'avoir désassemblé ?

— On ne pouvait pas l'examiner tant qu'il était ficelé comme un rôti, rétorqua Brennan. On a conservé les fils pour le cas où. Mais je parierais que vous n'y trouverez aucune empreinte. Enfin, on ne sait jamais...

— Je les prends.

— Quant aux os, vous savez déjà ce que nous ont appris les deux fémurs : qu'ils provenaient de corps différents.

— Quatre, pour être exacts, intervint le Dr Wu.

— Quoi ? Alors on aurait quatre victimes potentielles ?

— On ne peut pas encore l'affirmer, corrigea Brennan. Il faudrait des examens plus approfondis...

— Mais à première vue, reprit sa collègue, nous nous en tenons à ces observations.

— Attendez, Bones, ne me dites pas que vous vous en tenez à des suggestions aussi empiriques ! Vous qui ne croyez qu'à ce que vous pouvez prouver.

— Je savais que vous voudriez le maximum de résultats... alors je sollicite un peu mes conclusions.

Il n'en revenait pas.

— Tenez, insista-t-elle. Regardez ces vertèbres.

— Quoi, la colonne ?

— Presque toute la colonne. Les sept premières vertèbres sont les cervicales, les douze suivantes, les thoraciques, ensuite on a les cinq lombaires au-dessus du sacrum et du coccyx.

— D'accord...

— Pour le moment, on met les lombaires de côté.

Ce qui ne risquait pas de le déranger. Il n'avait plus abordé le sujet depuis le lycée. Et même au lycée...

— Les sept cervicales, poursuivait Brennan, appartiennent toutes au même corps.

— Du moins le pensons-nous, intervint le Dr Wu.

— Oui, approuva Brennan, en attendant un examen

plus approfondi… en tout cas, elles correspondent parfaitement les unes aux autres – vous comprenez ?

— Comme un écrou et son verrou qui s'emboîteraient l'un dans l'autre depuis des années ? suggéra-t-il.

— Exactement, dit le Dr Wu. Vous changez d'écrou et le mouvement ne s'opère plus de la même façon… tandis que si vous remettez le vieux, tout redevient normal.

Il acquiesça et la scientifique lui sourit de nouveau.

Elle le draguait ? En principe, un homme sentait ce genre de chose mais Booth avait toujours eu du mal à repérer ces signaux.

Tessa, une avocate de sa connaissance, s'était pratiquement jetée dans ses bras avant qu'il ait compris ce qui lui arrivait. En émergeant de sa petite rêverie, il s'aperçut que Brennan le considérait d'un air narquois.

— Quoi ? demanda-t-il sur la défensive.

— Rien. Vous écoutez ?

— Evidemment !

Brennan reprit sa petite démonstration :

— Ce qui est vrai pour les cervicales l'est aussi pour les thoraciques. Elles correspondent les unes aux autres… et semblent provenir du même corps.

— Attendez ! Les cervicales et les thoraciques proviennent du même corps ?

— Oui et non. Les cervicales proviennent d'un même corps, les thoraciques d'un même corps aussi… mais pas du même.

— Vous n'avez pas mal à la tête, là ?

— Non, ça va, pourquoi ?

— Voulez-vous de l'aspirine ? proposa le Dr Wu.

Booth fit signe que non et revint vers le squelette :

— Bon, les cervicales d'un côté, les thoraciques d'un autre, et aucune ne correspond aux deux autres corps ?

— C'est ça, dit Brennan. L'usure des thoraciques montre que nous avons affaire à une personne qui avait un problème avec une jambe et qui compensait par une pression anormale sur les vertèbres.

Elle désigna les parties usées :

— Là, vous voyez ? Elles auraient dû être beaucoup plus régulières. Malgré l'absence des disques intervertébraux, on voit où le déplacement s'appuyait le plus ; les surfaces commençaient à frotter les unes contre les autres. L'anomalie de sa jambe devait lui provoquer des douleurs dans le dos à chaque mouvement – surtout quand il marchait.

— Qu'est-ce qu'il avait à la jambe ?

— Difficile à dire, répondit le Dr Wu. Ç'aurait pu être beaucoup de choses.

— Par exemple ?

— Une épiphysite fémorale aurait pu donner ce résultat.

— Une quoi ?

Brennan désigna les extrémités du fémur.

— Vous vous souvenez de ces sutures des épiphyses qui pouvaient trahir l'âge ?

— Oui.

— Eh bien, ça se passe au même endroit – la tête épiphysaire. Si elle se déplace, la jambe va pivoter latéralement, le pied va tourner, si bien que l'exercice de la marche va exercer torsion et pression sur la colonne.

Le Dr Wu renchérit :

— Il se peut que la jambe ait été cassée et laissée sans soins – par exemple suite à une torture, ou à une malformation de naissance qui n'aurait pas été repérée à temps… Il existe bien des explications possibles.

— Résultat ? demanda Booth.
— Résultat, si ces deux fémurs sont sains... et si c'est ce qui a causé l'usure sur la colonne, ces vertèbres thoraciques ne peuvent pas provenir du même squelette.
— D'accord, soupira Booth. Nous avons donc au moins trois victimes.

Brennan reprit aussitôt sa démonstration :
— Les vertèbres cervicales proviennent d'un corps mort depuis plus longtemps qu'aucun de ceux des deux fémurs... et sans doute plus longtemps que les vertèbres thoraciques également. Encore qu'évidemment nous...
— Ayons besoin de plus amples examens, coupa Booth.
— C'est cela.
— Et les cervicales ?
— D'abord, reprit Brennan d'un ton un peu trop docte à son goût, vous devez savoir que la décomposition du squelette peut être dissociée en plusieurs étapes grossières.
— C'est bon.
— Première étape, les os sont graisseux et il y reste des tissus décomposés. Comme la plupart de ceux-ci par exemple.
— Compris.
— Au cours de l'étape suivante, ils présentent encore des traces de tissus momifiés ou putréfiés mais qui couvrent moins de la moitié du squelette.

Il hocha la tête.
— Durant l'étape trois, les os ont perdu tous leurs tissus ainsi que certains composants organiques mais gardent encore un peu de graisse. Les vertèbres thoraciques et certains os du pied en sont là. Ils seront complètement secs au cours de l'étape quatre ; ce qui est

le cas des vertèbres cervicales. Ensuite, ils présentent des signes de décoloration et d'exfoliation. Durant la sixième étape, les os desséchés présentent une détérioration accrue avec perte métaphysaire et apparition de l'os spongieux ; mais nous n'en avons ici aucun qui ait atteint ce stade.

— Donc, conclut Booth, les vertèbres cervicales sont les parties les plus anciennes ?

— Oui, confirma Brennan. Je dirais que cette victime est décédée depuis...

Elle consulta du regard le Dr Wu qui approuva.

— ... depuis quarante ans.

Booth émit un sifflement.

— Ça remonte aux années soixante ?

— C'est très possible.

— A moins que quelqu'un n'ait monté un vaste canular tout en utilisant de vrais os ?

— Non, corrigea le Dr Wu. Je crois que nous pouvons éliminer cette option. Nous avons ici des os qui ne pouvaient pas traîner n'importe où. Des vertèbres cervicales ça ne se trouve pas comme une flèche indienne dans un parc national.

Son téléphone sonna et elle s'excusa avant de décrocher ; elle écouta puis répondit :

— J'arrive.

Se tournant vers Brennan, elle s'excusa :

— C'est la crise, là-haut. Je reviens dès que possible.

Brennan et Booth la regardèrent sortir, admirant au passage sa démarche gracieuse.

Il finit par se détacher de la porte refermée depuis un moment, pour se tourner vers Brennan qui le contemplait de nouveau de son petit air narquois.

— Alors, dit-il mine de rien, vous concluez toutes

les deux qu'on a affaire à un tueur en série qui sévit depuis quarante ans ?

— Je sais que ça semble remonter au déluge, mais c'est là que nous mènent tous les indices.

Un tueur gériatrique ?

Celui qui narguait Booth devait avoir au moins dans les… soixante ans ?

Le cœur serré, il s'avisa que son patron risquait de ne pas apprécier.

— Le message, dit Brennan, laisse entendre qu'il s'agissait d'une sorte de cadeau d'adieu. Finalement, ça n'a rien d'étonnant.

Booth pensait à autre chose :

— Vous avez parlé d'examens plus approfondis. Qui consisteraient en quoi, au juste ?

— Il faudrait que j'emporte ces restes au Jeffersonian pour que mon équipe en détermine les ADN, les relevés dentaires… en supposant que le crâne provienne d'une seule et même personne. Ce qui devrait être le cas. Ensuite, on demanderait à Angela d'opérer une reconstruction holographique. Enfin, notre travail de fouines, comme vous dites.

De nouveau, il ne réagit pas :

— Ça prendrait longtemps ?

— Un bon moment. Aussi court que possible. Plus tôt nous arriverons mieux ce sera.

— Qui ça, « nous » ? Vous et moi ?

— Non, le squelette et moi… Plus tôt on sera à Washington plus vite je vous téléphonerai les résultats.

— Vous… allez repartir ?

— Evidemment. Pourquoi pas ? Vous n'avez pas besoin de moi ici. Mon travail tourne autour du squelette et le squelette sera plus bavard à Washington, croyez-moi.

Sans trop savoir pourquoi, Booth se sentait soudain mal à l'aise. Ils étaient deux sur l'affaire. Ils formaient – bon sang, il n'allait tout de même pas... – une équipe ?

— Vous venez d'arriver ! protesta-t-il malgré lui.

Elle lui jeta un regard d'une suprême condescendance :

— Oui, j'ai passé un excellent séjour, merci... mais il faut que je retourne où le devoir m'appelle.

Il baissa les bras.

— Bien sûr... Vous avez raison.

— Quand le Dr Wu reviendra, on emballera ces os et je serai prête.

— Chacun ses bagages, marmonna-t-il.

— Vous pourrez me réserver une place sur le prochain vol ?

Il prit son téléphone.

— J'appelle mon bureau.

— Merci.

— Vous savez que vous pouvez me demander n'importe quoi, Bones.

Cinq minutes plus tard, il avait transmis la commande à l'un de ses collègues au bureau. Il replia l'appareil dans sa poche et attendit la réponse.

Brennan était déjà en train de ranger les os des pieds, les emballant soigneusement dans du coton avant de les placer dans une boîte en carton qu'elle emporterait avec elle à l'aéroport.

Booth se demandait pourquoi il avait tellement envie qu'elle reste. Ils n'avaient strictement rien en commun ; ils s'entendaient comme chien et chat. On ne pouvait guère les traiter d'amis, pourtant, il éprouvait une authentique amitié à son égard.

Alors où était le souci ?

Le souci, c'était ce tueur en série – ce vieux schnoque qui cachait un dangereux criminel.

Si Bones avait raison, il s'agissait d'un détraqué qui poursuivait impunément sa carrière depuis quarante ans, durant laquelle il (ou elle) avait tué au moins quatre personnes et sans doute bien davantage.

Le Dr Wu revint et Booth la regarda se joindre aux préparatifs de sa collègue.

Elles venaient de tout terminer lorsqu'il reçut la réponse de l'agence de voyages affiliée au bureau.

— Vous avez un vol sur United à vingt et une heures.

Elle jeta un coup d'œil à sa montre.

— Ça devrait aller. Merci. Je voudrais que vous m'emmeniez à mon hôtel pour que j'y récupère mon sac.

— Bien sûr.

Il avait eu l'intention de lui envoyer un taxi afin de pouvoir retourner travailler ; mais elle semblait trop compter sur lui pour la déposer à l'aéroport, aussi décida-t-il que ce n'était pas le moment d'émettre des objections.

Sinon, elle lui en voudrait à mort, d'autant qu'il n'était même pas venu la chercher. Les femmes n'oubliaient jamais ce genre de chose, il le savait. Alors que les hommes ne se doutaient même pas qu'elles pouvaient s'en souvenir.

Seulement Brennan l'aidait beaucoup dans ses enquêtes. La moindre des choses était de lui en montrer quelque reconnaissance, ne serait-ce que par courtoisie professionnelle.

Comme elle soulevait le carton, il s'avança pour l'aider mais elle fit non de la tête. Il n'insista pas de peur que son geste ne soit mal interprété. Elle pourrait croire qu'il veuille jouer les gros bras.

Le Dr Wu lui tendit sa carte de visite :

— Tenez, agent Booth. Si vous avez une question à poser, ou n'importe quoi d'autre, n'hésitez pas à m'appeler.

Quand il prit la carte, la main de la scientifique lui effleura le poignet.

Il lui sourit, ravi de cette manifestation d'intérêt de la part d'une jolie femme.

Elle lui rendit son sourire :

— Vous pouvez appeler quand vous voulez. Mon numéro personnel est au dos.

— Merci beaucoup.

Un rien agacée, Brennan laissa tomber :

— Qu'est-ce que vous attendez ? Ça pèse son poids, ce truc-là !

Booth serra la main du Dr Wu :

— Merci pour tout. Le Field a été des plus coopératifs.

— Ce fut un plaisir.

Devant la porte, Brennan poussait un soupir d'exaspération. Booth courut la lui ouvrir. Il se demandait parfois jusqu'à quel point on pouvait se montrer galant de nos jours sans passer pour un macho.

Arrivé à sa voiture, il ouvrit le coffre pour qu'elle y dépose sa boîte. Elle alla s'asseoir à l'avant sans attendre qu'il lui tienne la porte…

Peu après, il se frayait un chemin à travers la circulation de Lake Shore Drive afin de regagner l'hôtel où elle était descendue. Le trajet se déroula dans un silence relatif, conducteur et passagère perdus dans leurs pensées.

Il gara la Crown Vic sous le baldaquin de l'hôtel, sortit, montra sa carte au groom en criant :

— Je laisse le moteur tourner. Nous sommes en mission. Nous arrivons immédiatement.

Comprenant qu'il n'y avait aucun pourboire à se faire, le groom détourna la tête.

En suivant Brennan dans sa chambre, Booth tâchait encore de faire le point.

Le suspect qui avait déposé le squelette était blanc. S'agissait-il du meurtrier ou juste d'un complice ?

Brennan et le Dr Wu estimaient se trouver en présence des restes de quatre cadavres différents – tous des victimes du tueur ?

L'un des corps qui avaient servi à constituer le squelette était mort depuis plus de quarante ans – s'agissait-il d'une ancienne victime ou d'ossements dérobés dans une tombe destinés à détourner les recherches ?

Alors que l'anthropologue finissait de plier ses bagages, une seule chose apparaissait clairement à Booth : ce n'était pas qu'il y avait trop de questions, c'étaient juste les réponses qui se bousculaient au portillon.

Peut-être que Brennan et ses fouines arriveraient à de nouvelles conclusions au Jeffersonian. Quant à lui, Booth se sentait soudain très fatigué et il ne voyait pas quand il pourrait commencer à récupérer un peu.

Brennan paya sa chambre à la réception, rendit sa clef et alla déposer son sac dans le coffre de la voiture, à côté de la boîte en carton. Ensuite, Booth emprunta l'autoroute qui menait à l'aéroport d'O'Hare.

— Vous allez sortir avec elle ? demanda Brennan à brûle-pourpoint.

Il faillit s'étrangler :
— Avec qui ?

Comme elle ne répondait pas tout de suite, il sentit son œil peser sur lui. Il laissa passer le plus long moment possible avant de tourner vers elle un regard interrogateur.

— Le Dr Wu, finit par lâcher Brennan.

Sa voix pas plus que son visage ne laissait rien paraître.

— Je sais, ajouta-t-elle, que je suis mal placée pour interpréter ce genre d'avance mais même moi j'ai vu qu'elle se jetait pratiquement à votre cou.

— Si c'est le cas, je ne m'en suis pas rendu compte, assura-t-il.

Sans parvenir à s'en convaincre lui-même…

… encore qu'il soit enchanté de voir Brennan corroborer sa théorie.

Celle-ci regardait droit devant elle.

— Je ne sais pas, reprit-il. Vous avez peut-être raison. Je devrais l'appeler.

— Comment ça, j'ai « peut-être raison » ?

Furieuse, elle se tassa sur son siège.

— Vous voulez manger quelque chose ? proposa-t-il. On a le temps avant votre vol.

— Pas faim.

Le silence retomba sur l'habitacle.

Booth prit la bretelle qui menait à l'aéroport. C'est alors que son téléphone vibra.

— Booth.

— Woolfolk. Ouf ! Je suis content de vous avoir !

L'agent semblait à bout de souffle.

— Quoi ? demanda Booth.

Il écouta la réponse de son collègue, à la fin de laquelle il laissa juste échapper :

81

— Mon Dieu !

Il raccrocha et se tourna vers Brennan qui le scrutait d'un air inquiet.

— Votre squelette ambulant ne va pas s'envoler ce soir, déclara-t-il d'un ton lugubre. Et vous non plus.

4

L'exaspération de Temperance Brennan s'exerçait sur deux niveaux – pas plus rationnels l'un que l'autre.

Sans être vraiment jalouse des projets de Booth à l'endroit du Dr Wu, qui, après tout, ne la regardaient en rien... et puis, qu'est-ce que ça pouvait lui faire ?

Après tout, ils n'avaient jamais entretenu la moindre relation personnelle, n'étaient même pas sortis boire un verre ensemble...

Sans doute, mais le bel agent du FBI, héros de son roman *La peau sur les os*, ressemblait beaucoup plus à Booth qu'elle n'aurait voulu se l'avouer. A l'origine, elle avait juste pensé s'inspirer de lui ainsi que de quelques autres et d'y ajouter des traits purement fictifs.

Lorsque ses collaborateurs lui avaient fait remarquer qu'elle avait décrit un personnage qui ressemblait trait pour trait à Booth et lui seul, elle l'avait pris de haut ; mais Angela – qui avait pour mission de faire régner une ambiance cordiale au sein de l'équipe – ne s'était pas gênée pour mettre les pieds dans le plat.

Si on l'avait acculée à révéler le fond de sa pensée, Brennan aurait décrit leur relation plutôt comme celle qu'entretiendraient... un frère et une sœur. Elle avait beau s'avouer qu'Angela n'avait pas tout à fait tort, elle estimait que sa relation avec Booth ne pourrait jamais revêtir un caractère autre que professionnel.

D'autant que ce n'était pas le moment pour elle d'entretenir la moindre liaison avec un homme.

Pourtant, elle s'était prise à envier le Dr Wu, et ça la contrariait. L'anthropologue du Field muséum – que Brennan appréciait et respectait – ne s'était pas gênée pour aller droit au but, chose que Brennan n'avait jamais osé entreprendre... du moins en ce qui concernait les relations homme-femme.

Voilà qui créait en elle une véritable frustration, ce qui avait le don de l'horripiler. Quoi de plus petit que l'envie ?

Ce qui ne chassait pas ce sentiment pour autant.

Elle n'aimait décidément pas ça. En tant que scientifique, elle préférait emprunter des voies plus intellectuelles. Le sentiment n'étant jamais qu'une émotion, un désir que le cerveau considérait habituellement comme contre-productif.

Quelques minutes auparavant, cette frustration enfin maîtrisée avait semblé devoir s'apaiser. Brennan allait s'envoler pour Washington et laisser l'agent Seeley Booth à des milliers de kilomètres d'elle.

A sa place dans la Crown Vic, elle avait vu avec soulagement apparaître le panneau BIENVENUE À L'AÉROPORT D'O'HARE alors qu'ils s'engageaient dans la bretelle de dégagement.

C'était alors que le téléphone de Booth avait vibré et que tout avait basculé.

— Qu'est-ce que vous racontez ? demanda-t-elle d'un ton aussi mesuré que possible. Je ne vais pas prendre ce vol ?

C'étaient les premières paroles qu'elle articulait depuis un bon moment.

Garé devant le trottoir, Booth restait au volant et n'avait pas coupé le moteur. Il semblait perdu dans ses pensées.

— J'ai l'impression que le squelette va partir tout seul par la poste.

— Arrêtez ! Je passe ma vie à trimballer ce genre de chose avec moi !

Il se tourna vers elle, le visage illuminé par les derniers rayons du soleil couchant.

— Vous n'allez pas pouvoir trimballer celui-là parce que vous ne prenez pas cet avion.

— Mais pourquoi ?

— Parce qu'on a besoin de vous... j'ai besoin de Vincent.

— On se calme ! Qu'est-ce qui se passe ?

— Il semblerait qu'on ait reçu un autre squelette.

— Un autre... Vous rigolez...

Non, apparemment, il ne plaisantait pas.

Il alluma son gyrophare et brancha la sirène puis démarra en trombe derrière un taxi qu'il doubla dans une embardée.

— Ils viennent de recevoir un appel... le deuxième squelette se trouve à la sortie d'un théâtre, dans la vieille ville.

— La vieille ville ?

Ils filaient à présent vers l'autoroute.

— Au nord, à la limite de Wrigleyville.

— Vous avez l'air de très bien connaître Chicago...

Il passa sur la file de gauche pour dépasser un camion.

— J'ai l'impression d'avoir toujours vécu ici, d'avoir passé ma vie à enquêter sur la mafia locale. Cela dit, c'est vrai que j'ai vécu une partie de mon enfance dans la « Ville des Courants d'air ».

Bizarrement, quelque part, elle ne regrettait pas de rester, néanmoins, elle n'appréciait pas que son nouveau sujet d'étude fasse le voyage sans elle.

— Et, demanda-t-elle, ce... ce nouveau squelette ?
— Oui ?
— Il est articulé par du fil de fer comme le premier ?
— Aucune idée – Woolfolk n'a rien dit là-dessus. Vous en savez autant que moi.

Ils roulèrent en silence, Booth ne faisant qu'une bouchée des voitures qui osaient se mettre sur son chemin.

Brennan s'efforçait de garder son calme. Apparemment, ça fonctionnait. Pourtant, au fond d'elle-même, et malgré son expérience des charniers de Bosnie, du Guatemala et de dizaines d'autres pays qui avaient connu les horreurs de la guerre, elle éprouvait quelque chose comme un sentiment d'appréhension.

Ils filaient à travers la circulation pour aller récupérer un squelette, un mort qui ne risquait pas de s'enfuir... ce qui n'empêchait pas Booth de foncer comme s'ils allaient pouvoir encore le sauver au bouche-à-bouche.

Il lui jeta un coup d'œil en coin.

— Pourquoi ? demanda-t-il.

Après tout ce silence, ce mot parut presque déplacé.

— Pourquoi quoi ?
— Pourquoi voulez-vous savoir si notre nouveau squelette est articulé ?

Contente de pouvoir songer à autre chose qu'à sa destinée immédiate qui risquait de la conduire droit à la morgue des accidentés de la route, Brennan se concentra sur cette question.

— Question... de corrélation, dit-elle.

— Comment ça ?
— La nuit va tomber. Il est bien fréquenté, le quartier de ce théâtre ?
— Oui. C'est plein de boutiques, de restaurants, de bars, d'appartements.
— Donc, ce ne sont pas les éventuels témoins qui manquent. Aussi bien à pied qu'en voiture.
— Il y en a plein.
— Donc, en plein jour ou presque, au beau milieu de la foule… votre suspect a quand même réussi à déposer un squelette juste devant un théâtre ?
— Pas juste devant, dans une ruelle voisine… mais je vois ce que vous voulez dire. On peut s'attendre à ce qu'un passant ait remarqué un type qui rôdait autour d'un squelette ou même un gros paquet encombrant.

Elle en resta bouche bée :
— Les ossements sont dans une ruelle ?
— Oui, un endroit réputé pour ça.
— Comment une ruelle peut-elle être réputée en matière d'ossements ?
— C'est là que John Dillinger s'est fait abattre.
— Le braqueur de banque des années trente ?
— Oui, le 22 juillet 1932, pour être exact – Melvin Purvis et une équipe d'agents du FBI l'ont abattu dans une ruelle proche du théâtre Biograph.
— … vous ne comprenez pas, Booth ?
— Quoi ?
— On se moque de vous. Ce tueur vous fait des pieds de nez.
— Vous avez sans doute raison.
— J'ai raison.

Ils continuèrent en silence jusqu'au théâtre en question (malheureusement fermé malgré les affiches qui annonçaient une « réouverture imminente »).

Les piétons devaient traverser car la police avait sécurisé tout le périmètre entourant les lieux.

Alors que Booth s'arrêtait devant, Brennan put constater que les curieux ne manquaient pourtant pas de tendre le cou vers la scène où s'activaient policiers et scientifiques ; des voitures garées en vrac, banalisées ou non, indiquaient que les autorités s'étaient précipitées massivement au rendez-vous, à commencer par celle du légiste qui occupait la première place à l'entrée de la ruelle.

Booth montra son badge et les agents le laissèrent passer, Brennan sur ses talons. Ils se glissèrent sous le ruban de police et s'enfoncèrent dans l'obscure ruelle.

La nuit étant tombée, c'étaient les réverbères halogènes qui éclairaient l'objet de tant de curiosité, allongé à même le sol à quelques mètres d'eux.

Trois hommes en costume de ville attendaient à côté en discutant tandis que Booth et Brennan approchaient.

L'un deux se tenait très droit, les épaules en arrière, bombant le torse comme tout mâle dominant.

A l'évidence, le patron.

— Chef, lança Booth, voici l'anthropologue dont je vous ai parlé, le Dr Temperance Brennan.

Dillon lui tendit la main :

— Ravi de faire votre connaissance, Dr Brennan.

Il paraissait effectivement ravi. Etait-ce bien le moment, le lieu ? Il possédait une sacrée poigne et de petits yeux noirs qui la scrutaient avec l'intensité de ceux d'un oiseau de proie.

Néanmoins, il continua d'un ton amical :

— Votre réputation vous précède.

— Merci. Je ne me serais jamais attendue à effectuer

des recherches anthropologiques dans les rues de Chicago.

— Et nous n'aurions jamais imaginé devoir vous demander une chose pareille.

Il se tourna vers un homme de haute taille, d'environ trente-cinq ans, aux cheveux en bataille, à la barbe de quelques jours, au menton puissant, à l'expression affable quoique inquisitrice… et pas seulement sur ses qualifications professionnelles.

— Voici le lieutenant Brett Greene de la police de Chicago, indiqua Dillon.

Greene lui serra la main à son tour. Il était entièrement vêtu de noir, avec veste de cuir.

— Enchanté, Dr Brennan.

Celle-ci trouva sa poignée chaleureuse, tout comme sa physionomie.

— De même, répondit-elle.

Booth présenta le troisième homme :

— Voici l'agent spécial Josh Woolfolk, mon coéquipier sur cette enquête.

Brennan en éprouva une vague déception : n'était-elle pas elle, et surtout elle, sa coéquipière ?

Plus court sur pattes et plus âgé que Booth, Woolfolk faisait davantage songer à un directeur de petite entreprise qu'à un agent du FBI, avec ses cheveux soigneusement séparés par une raie sur le côté et son costume bleu.

Brennan lui dit bonjour comme aux autres puis jeta un regard sur la masse étalée par terre, dans le triangle de lumière formé par trois réverbères.

Elle s'attendait à trouver un squelette semblable au précédent mais ne vit qu'un sac-poubelle entrouvert dont elle ne put distinguer le contenu.

— Qu'est-ce qu'il y a, là-dedans ? demanda Booth.

Malgré la présence des agents fédéraux, ce fut Greene, le flic de Chicago, qui prit la parole :

— C'est un SDF qui a vu quelqu'un jeter ce paquet ici.

Il leur présenta l'ouverture afin de leur permettre d'y jeter un regard.

Un crâne et un tas d'os.

— Le SDF, poursuivit Greene, espérait y trouver quelque chose à se mettre sous la dent… quand il a vu ce qu'il y avait dedans, il s'est affolé. Il a filé prévenir la première patrouille qu'il a croisée.

— Où se trouve notre témoin en ce moment ? demanda Booth.

— A l'arrière d'une voiture.

Brennan s'accroupit pour examiner de plus près le contenu du sac.

Apparemment, le crâne était décoloré. Elle aperçut un fémur, les deux humérus, des côtes, deux tibias et une quantité d'os de plus petite dimension.

Pas de fil de fer, cette fois ; néanmoins, le squelette semblait complet.

Encore.

— Il faut qu'on l'emporte au Field muséum, déclara-t-elle.

Dillon consulta sa montre.

— Il est fermé à cette heure-ci.

— Appelez Jane Wu, conseilla-t-elle. Vous avez son numéro personnel, je crois…

Booth lui décocha un drôle de regard mais répondit :

— Bonne idée !

— Wu qui ? demanda Dillon.

Ce qui fit sourire Greene.

— Le Dr Wu, répondit Booth à son supérieur. Notre contact au Field. Anthropologue, elle aussi.

— Appelez-la tout de suite.

— Mais, continua Greene, avant de vous laisser fouiller dans ce sac, je veux l'emporter au poste pour l'y faire répertorier.

— Pas de souci, répondit Brennan.

Les trois agents du FBI posèrent sur elle un regard réprobateur.

— Eh bien quoi ? demanda-t-elle. C'est logique. Il faut bien relever toutes les empreintes sur le sac et sur son contenu.

— En principe, rétorqua Dillon, on ne prend pas nos ordres chez les policiers locaux.

— Ecoutez, je ne suis que consultante mais j'estime qu'on ferait mieux de tous s'unir pour travailler ensemble, ça nous permettrait de gagner du temps.

Dillon fit la tête mais ne répondit pas.

Alors Brennan s'adressa à Greene :

— Vous pourriez vous en occuper cette nuit, de façon que tous les os soient au Field demain matin à la première heure ?

Le sourire de Greene s'effaça :

— Ouais, balbutia-t-il. D'accord, pas de problème, seulement…

— Vous n'avez pas l'adresse du muséum ?

— Si, je sais quand même où il se trouve !

— Parfait ! Vous savez où je pourrais trouver un bureau de poste dans les parages ?

Greene le lui dit puis s'adressa aux autres :

— Je suis parfaitement en phase avec l'offre de coopération du Dr Brennan ; il n'empêche que ce cadavre, sous forme de squelette ou non, a été trouvé dans une rue de Chicago. Je ne vois pas en quoi ça relève du FBI.

— Le premier squelette, intervint Dillon, a été découvert sur une propriété fédérale, le Dirksen building – or nous avons visiblement affaire au même malfaiteur.

— Qu'en savez-vous ?

— Allons, lieutenant ! Vous avez vu le message qui nous était adressé... Alors prenez ce sac, nous nous contenterons de ceci.

Il sortit un sachet preuve de sa poche.

— Nous allons immédiatement l'expédier à Quantico.

— Qu'est-ce que vous avez là, Robert ? demanda Booth.

Ce fut Woolfolk qui claironna :

— Un autre message.

Celui-ci jeta un regard noir à Dillon :

— Qu'est-ce que vous attendiez pour me le dire ?

— On n'en était pas encore arrivé là.

Devant tous ces messieurs jouant les coqs à qui mieux mieux, Brennan ne savait plus s'il fallait rire ou pleurer ; se comporteraient-ils ainsi si elle n'était pas là ? Pour une anthropologue, la réponse à cette question ne pouvait que sauter aux yeux.

— On retourne à la voiture, lâcha Dillon.

A leur suite, Brennan remonta la ruelle et ils croisèrent l'équipe des experts scientifiques en train d'examiner la scène de crime.

Devant les voitures, elle aperçut un homme qu'elle ne connaissait pas, indéniablement un agent fédéral, qui prenait avec un appareil numérique des photos de la foule des curieux amassés derrière le ruban de police.

Cela lui rappela ce qu'elle avait entendu au sujet

des tueurs en série – qu'il leur arrivait de se mêler aux enquêtes afin de vérifier ce qu'avait découvert la police et de se donner des sensations de puissance quand ils constataient à quel point elle se rapprochait parfois de lui.

Or ce sentiment de puissance constituait le principal moteur du psychisme des tueurs en série...

Brennan examina les visages des badauds – jeunes, vieux, blancs, noirs, hispaniques, asiatiques, qui la regardaient elle aussi, parmi ses collègues, sans précisément s'arrêter sur elle.

Et si le tueur se trouvait parmi eux ?

Ce pouvait être n'importe lequel – ou laquelle – d'entre eux. Impossible de le déterminer d'un simple coup d'œil. De toute façon, elle trouvait toujours les morts plus coopératifs que les vivants...

Booth, Dillon, Woolfolk et Greene formaient un petit cercle entre deux voitures banalisées. Brennan s'approcha et deux d'entre eux s'écartèrent pour lui faire de la place.

Woolfolk alluma une petite lampe torche lorsque Dillon étala le message sur le capot.

Même à travers le plastique du sachet, on le déchiffrait sans peine :

AU FBI :

JE N'ATTENDRAI PAS ÉTERNELLEMENT, LE TEMPS PASSE. IL VA FALLOIR VOUS SURPASSER. J'AI DONNÉ TOUTES SES CHANCES DE M'ARRÊTER À LA POLICE LOCALE, ELLE N'A PAS SU EN PROFITER. VOICI UN AUTRE CADEAU DE MA COLLECTION AFIN DE PROUVER QUE JE NE PLAISANTE PAS.

IL EXISTE BEAUCOUP D'ENDROITS OÙ TROUVER DES CADAVRES MASCULINS, LA PLUPART DANS LES ENVIRONS

IMMÉDIATS. J'AI PRÉFÉRÉ VOUS AMENER AU PLUS PRÈS DE MON TERRITOIRE. LA VITESSE S'IMPOSE. CHERCHEZ BIEN, MES AMIS, JE SUIS PARTOUT, VOUS NE DEVRIEZ AVOIR AUCUN MAL À ME TROUVER.

J'ATTENDS.

TIM

— Tim ? articula Booth. Et Sam, alors, qu'est-ce qu'il devient ?

— Sam ? interrogea Greene.

— La signature du premier message.

— Quel premier message ?

— Il y en avait un semblable attaché au squelette du Dirksen building, intervint Dillon. On va vous en envoyer une copie.

— Une copie ? balbutia Greene abasourdi. Prenez votre temps, surtout ! Il ne s'agit jamais que de pièces à conviction dans une affaire de meurtres en série ! Vous comptez suivre l'avis du Dr Brennan et travailler avec nous, ou quoi ?

L'air impassible, la voix grave, Dillon énonça d'un ton agacé :

— Lieutenant Greene, ressaisissez-vous ! Nous avons du monde autour de nous, la presse, et Dieu sait combien de caméras et d'appareils photos – vous voulez que ceci passe sur tous les écrans aux infos ? Que nous ne coopérons pas ?

Greene ouvrit la bouche, regarda autour de lui puis laissa échapper un profond soupir.

— D'accord... vous avez gagné. N'empêche que la ruelle près du théâtre n'est pas une propriété fédérale.

— Soit. Mais le premier squelette a été trouvé en territoire fédéral. En outre, à l'époque nous ne savions pas s'il fallait ou non prendre le message au sérieux.

— Comment ça ?
— On ignorait ce que représentait ce squelette, lieutenant. Si on avait affaire à un canular ou à un meurtre – c'est en partie la raison pour laquelle nous avons fait venir le Dr Brennan de Washington. A partir de maintenant, vous serez informé de tout, c'est promis.
— C'est bon. Dans ce cas, je ne ferai pas d'histoires. Tenez-nous au courant de vos découvertes sur ces messages, nous allons nous occuper des autres pièces à conviction… Maintenant expliquez-moi donc qui est ce Sam.
— Comme je l'ai dit, répondit Booth, c'est le nom qui signait le premier message. Maintenant, c'est « Tim » qui s'y met.
— Le premier message ressemblait à celui-là ?
— A première vue, on aurait affaire au même correspondant.
Greene réfléchissait :
— Vous croyez qu'il y aurait un rapport avec le fils de Sam ?
— Peut-être, ça m'est passé par la tête mais, franchement, je n'en sais rien. Il pourrait aussi bien signer chacun de ses messages du nom d'un autre tueur en série… Il en existe un du nom de Tim ?
Ce fut Woolfolk qui se manifesta le premier :
— Il y avait bien ce type… Judy.
— Pas Judy ! On cherche un Tim.
— Steven Timothy Judy. Il a violé et tué des femmes en Indiana, au Texas, en Louisiane et en Californie. Onze morts en tout, dont les trois enfants d'une de ses victimes.
— Il y a aussi Timothy McVeigh, avança Greene, l'auteur de l'attentat contre le Murrah building d'Oklahoma City, en 1995.

— Pas vraiment un tueur en série, objecta Booth.

— Si on a bien affaire à un provocateur, dit Brennan, il serait logique qu'il se réfère à quelqu'un comme McVeigh qui s'est attaqué à un bâtiment fédéral.

— Un provocateur ? répéta Greene.

— Le Dr Brennan, et je pense qu'elle a raison, estime que le choix de cet emplacement a un rapport avec l'exécution de Dillinger.

Greene éclata de rire.

— C'est idiot ! Pardon, Doc, mais...

— Non, coupa Dillon. C'est au contraire très futé : en tuant Dillinger, le Bureau obtenait l'une de ses premières grandes victoires... il venait d'abattre l'Ennemi public N° 1.

— Ce type se fiche de nous, marmonna Booth.

— A nous de le faire taire, pas vrai ? conclut Dillon.

— Oui patron.

Se tournant vers Greene, Booth ajouta :

— Je voudrais avoir une petite discussion avec notre ami SDF.

— Pas de problème.

Dillon posa une main sur l'épaule de Booth :

— C'est fini pour aujourd'hui... Seeley, à vous de jouer maintenant.

— Merci, Robert, je ne fais que ça.

Dillon entra dans sa voiture, mit le moteur en marche. Tous le suivirent des yeux alors qu'il se frayait un chemin à travers la foule.

Les piétons commençaient à se lasser – personne ne voyait ce qui se passait dans la ruelle et la fourgonnette du légiste était repartie à vide. Pas de sang, pas de mouvements, inutile de s'attarder plus longtemps. L'heure du dîner avait largement sonné.

Woolfolk brandit le message dans son sachet de plastique :

— Je me mets là-dessus ! clama-t-il avant de s'en aller à son tour.

Greene emmena Booth et Brennan vers une autre voiture banalisée garée un peu plus loin. L'inspecteur ouvrit la portière arrière et fit signe au passager de sortir. Le vieil homme déplia sa carcasse avec difficulté.

A la surprise de Brennan, il avait les mains menottées dans le dos.

Maigre comme un clou, il portait un costume noir trop grand pour lui, une chemise qui avait été blanche sous un T-shirt orné d'un Superman, ainsi que des tennis râpées.

L'homme n'avait pas dû prendre de douche depuis des semaines et ce n'était pas l'odeur qu'il dégageait qui pourrait infirmer cette théorie.

Le cheveu rare, la barbe grisonnante, on voyait surtout son gros nez qui lui mangeait la moitié de la figure. Seuls ses yeux d'un bleu délavé parvenaient à adoucir cette impression de laideur.

— Pourquoi les menottes ? questionna Booth. Je croyais que c'était un témoin.

— Il a voulu s'enfuir après avoir signalé sa découverte.

— Pourquoi ? Il aurait pu lui-même déposer ce paquet ?

— Pas du tout ! s'exclama l'homme. J'ai dit aux flics ce que j'avais trouvé et j'ai voulu partir. Elle est belle l'Amérique !

— Très belle, grommela Booth. Mais il ne faut pas nous en vouloir si on ne prend pas ce que vous dites pour parole d'évangile !

— On est en démocratie, quoi !

— Deux autres personnes, intervint Greene, ont témoigné que c'était quelqu'un d'autre qui avait laissé le sac dans la ruelle. Ils sont au poste où ils aident à dresser un portrait-robot. Malheureusement, ils ont davantage regardé ce monsieur que le type qui a effectué la livraison.

— Super ! maugréa Booth.

Se tournant vers l'homme, il demanda :

— Quel est votre nom ?

— Pete.

— Pete quoi ?

— J'ai faim.

— Vous mangerez quand vous aurez répondu à nos questions.

Les yeux bleus brillèrent.

— Ça va me rapporter un repas ?

— Peut-être. Alors, votre nom ?

— Les menottes, là, elles font mal. Et je peux pas manger avec.

Comme Booth laissait échapper un soupir agacé, Brennan intervint :

— Lieutenant, pourriez-vous lui enlever ses menottes, je vous prie ?

— Si je fais ça, il va encore vouloir s'enfuir.

— Peut-être bien, reconnut Pete.

Brennan lui montra un restaurant du doigt :

— Vous voulez dîner oui ou non ?

— Le pape est catholique oui ou non ?

— Si je fais ôter vos menottes, vous vous sentez capable de parler et de manger à la fois ? Et quand je dis parler, il s'agit de répondre à nos questions.

Le SDF réfléchit, puis :

— Je pourrai avoir une bière ?

Brennan tendit un index devant son nez :

— Une bière, un dîner... et vous répondez à nos questions.

— Plus de menottes ?

— Plus de menottes.

— Et une autre bière après le dîner ?

— Si vous êtes réglo, d'accord.

Un sourire étira la barbe en broussaille de Pete.

— Marché conclu !

Il tourna le dos à Greene pour que le lieutenant le délivre de ses bracelets.

— Ce n'est pas la meilleure chose à faire, objecta celui-ci en s'exécutant.

— S'il s'enfuit, vous pourrez lui tirer dessus, lâcha Brennan.

Pete sursauta.

Il scruta le visage de la jeune femme pour s'assurer qu'elle plaisantait, mais elle demeura de marbre.

Ils prirent une table au fond d'un boui-boui mexicain.

Booth et Brennan s'assirent l'un à côté de l'autre, si bien que Greene dut prendre place à côté de l'odoriférant Pete. Il n'y avait pas beaucoup de gens, la sauce était épicée, la bière froide.

— Alors, Pete, demanda Booth. Qu'est-ce que vous avez vu ?

Le SDF, qui ne s'était pas encore fait servir son plat, trompait sa faim avec des chips et de la sauce.

— J'étais de l'autre côté de la rue, commença-t-il entre deux gorgées de bière. J'allais me coucher à ma place dans une autre rue...

— Dans une autre rue ? coupa Booth.

— Ouais, je suis installé un peu plus loin... mais

je passais par là quand j'ai vu ce type sortir de sa voiture.

— Vous avez vu sa voiture ?
— Ouais.
— Vous savez quelle voiture ?
— Ouais, bien sûr.
— Quelle voiture, Pete ?
— Bleue.

Brennan sentit Booth se raidir et quelques secondes s'écoulèrent au cours desquelles l'anthropologue contempla l'étiquette de sa bière avec attention.

La voix presque cassée, Booth insista :

— Vous ne sauriez pas dire la marque de la voiture ?
— Attendez, ma dernière bagnole elle remonte à 1968. Une Dodge. J'ai pas pu la garder.
— Bon. Et vous n'avez pas noté le numéro de la plaque.

Ce n'était même plus une question.

— Non.

Pete but une longue goulée de bière.

— C'était un type pas net, reprit-il. C'est pour ça que je l'ai remarqué.

Lorsque quelqu'un comme Pete remarquait un « type pas net », mieux valait prêter l'oreille.

— Qu'est-ce qu'il avait de pas net ? demanda Booth.
— Il était habillé comme une merde.
— C'est-à-dire ?

Pete réfléchit un instant, se mordit la lèvre.

— Comme moi – sale comme moi aussi… sauf qu'il est sorti d'une grosse voiture toute neuve. Moi, ça m'a fait drôle. Vous trouvez pas ?

— En effet. Ça se passait ici ?
— Non… plutôt – entre Halsted Street et Orchard…

vous savez, en face de ces maisons toutes pareilles ? Le type s'est garé dans cette banlieue résidentielle, parce qu'il devait y avoir personne dans les parages. Il a eu de la chance.

— Comment ça ?

— De trouver un endroit où se garer. Enfin voilà, moi je passais juste par là, comme j'ai dit... et voilà ce type qui sort de sa bagnole, avec son air de clodo. Il ouvre le coffre et il sort ce sac-poubelle. Il le jette sur son épaule, comme un père Noël, et il s'en va.

— Dans quelle direction ?

— Vers le coin de la rue et puis vers Fullerton et Lincoln Street, où il a pris la ruelle. Je l'ai suivi tout du long.

— Pourquoi ?

— Vous rigolez ? Il portait un sac-poubelle !... Avec une voiture pareille ! S'il jetait un truc qu'il devait emporter si loin, ça voulait dire qu'il voulait pas qu'on sache ce que c'était ; moi j'y voyais surtout le père Noël qui arrivait un peu en avance pour Pete.

Brennan ne quittait pas son invité des yeux. Au moins l'homme n'était-il pas SDF pour déficience mentale.

— Pete, demanda-t-elle doucement, comment se fait-il qu'un homme intelligent comme vous se retrouve dans la rue ?

— Bof... j'avais trop d'emmerdes – j'ai fini par tout laisser tomber.

Elle allait lui demander des précisions quand Booth intervint :

— A quoi ressemblait-il, ce père Noël ?

— Je vous l'ai dit ! A un clodo.

— Il va falloir m'en dire davantage si vous voulez gagner votre dîner.

Pete réfléchit, croqua une autre chips, laissa tomber un peu de sauce sur sa barbe.

— Plus petit que moi, un peu voûté, comme un vieux... enfin pas trop, c'était surtout parce qu'il portait ce sac. Ça devait être un peu lourd pour lui. Il portait des lunettes noires – comme si un clodo pouvait se payer des trucs aussi chers !

Booth pencha la tête de côté :

— Comment savez-vous qu'elles valaient cher ?

— J'en sais rien. C'est l'effet que ça m'a fait, voilà. Je veux dire que celles que je trouve dans les poubelles c'est en général des cochonneries ou alors des trucs corrects mais qui sont abîmés.

— Vous n'avez pas vu son visage ?

— Il était tout sale. Mais c'était un blanc si c'est ça qui vous intéresse.

— Vous avez repéré des signes distinctifs ? N'importe quoi ?

Pete fit non de la tête et termina sa bière.

Alors seulement, il posa une question à Brennan :

— Vous êtes sûre que je ne peux pas avoir mon autre bière maintenant ? Je veux dire, j'ai pas arrêté de parler depuis qu'on est là, et on n'est pas encore servis.

— D'accord, dit-elle.

Booth accepta et fit signe à la serveuse avant d'interroger le lieutenant Greene :

— Est-ce que vous pourriez envisager de reconstituer la scène d'Orchard Street ?

— Dès qu'on aura fini de déjeuner. J'emmènerai Pete là-bas et il nous montrera comment le type y a garé sa voiture.

— Je veux bien, dit Pete, si vous promettez ensuite de me ramener à mon emplacement.

Greene acquiesça de la tête.

— Vous êtes les flics les plus sympas que j'aie rencontrés depuis longtemps !

Se tournant vers Brennan, il ajouta :

— Et vous êtes la plus maligne.

— Merci, Pete.

La serveuse apporta les assiettes et ils mangèrent en silence… pour autant que l'enthousiasme que mit Pete à tout engloutir ait pu passer pour silencieux.

A la fin du repas, Brennan se tourna vers Booth :

— Qu'est-ce que vous comptez faire pour le message ?

L'agent jeta un coup d'œil en coin sur Pete qui nettoyait consciencieusement son assiette. Pas plus que Brennan, il n'estimait dangereux de parler ouvertement devant lui.

— Deux signatures différentes ? demanda-t-il. Le temps passe ? Des cadavres masculins dans les environs immédiats ? Je crois que son auteur cherche à nous dérouter, qu'il écrit la première chose qui lui passe par la tête.

— Il y a quelques bars gay dans le quartier, fit remarquer Greene.

— C'est bien ce que je dis. Il veut nous lancer sur une mauvaise piste pour mieux se moquer de nous.

— Comme il prétend s'être moqué de la police ? suggéra Greene.

— Je n'ai pas dit ça.

— Pas la peine – son message y a suffi. Voilà longtemps qu'il sévit ?

— L'un des os doit avoir une quarantaine d'années, indiqua Brennan. Mais nous n'en sommes pas encore sûrs.

— Et on ne se serait aperçus de rien en quarante ans ? ricana Greene. N'importe quoi !

— Tout ce qu'on sait, c'est que ce type a accès à toutes sortes de squelettes dont certains sont très anciens. Il faut qu'on découvre où il les entrepose, ça nous permettra de lui mettre la main dessus.

— On fera ce qu'on pourra, soupira Greene.

Booth paya l'addition et ils se retrouvèrent tous dehors, dans la nuit fraîche.

Greene et Pete prirent la voiture du policier tandis que Booth se dirigeait vers la sienne, garée à l'opposé, Brennan sur ses talons.

— Hé! cria-t-elle. Il n'y a pas le feu!

Il s'arrêta en souriant.

— Je voulais m'éloigner de ce restaurant, respirer enfin.

En remontant Lincoln Avenue, ils entendirent les blues de Chicago s'élever de différents bars, de la musique de danse de quelques boîtes; certaines boutiques étaient encore éclairées. Ils passèrent devant un club qui proposait un concours de travestis imitant Cher.

— Peut-être qu'il s'attaque aux homosexuels, suggéra Brennan pas très convaincue.

— Ce ne serait pas le premier... mais pour que la police ne se soit doutée de rien en quarante ans, je ne vois qu'une explication : qu'il n'ait agi qu'en de rares occasions, très espacées.

— Ça doit aussi dépendre des victimes.

Il s'arrêta net :

— C'est-à-dire ?

A son tour, elle s'arrêta :

— Que si ses victimes sont des hommes très jeunes ou plutôt âgés, ça ne nous fait pas un échantillon standard de personnes disparues. Et s'il s'en prend à une catégorie de personnes qui n'ont pas droit à toute l'attention des autorités...

— Hé ! Je traite tout le monde de la même façon.

— C'est certainement le cas de nos jours mais songez à quel point Chicago pouvait être homophobe à l'époque où ce personnage a commencé à sévir.

Il reprit sa marche, à grandes enjambées. Elle dut accélérer le pas pour le rejoindre :

— Même aujourd'hui, poursuivit-elle, les gays sont encore souvent traités comme quantité négligeable par la police.

— Ce n'est pas faux, reconnut-il à contrecœur.

— D'après vous, vos listes de personnes disparues sont parfaitement à jour ?

Il ne répondit pas.

— Si, par exemple, Pete venait à disparaître – qui serait au courant ?

Booth continua de marcher en silence.

— Et les jeunes garçons qui fuguent ?

Rien.

— Vous voyez, Booth, si ce type est malin... et c'est ce que laisse entendre la reconstitution de ses squelettes... je ne vais pas me demander pourquoi on ne lui a pas mis la main dessus – mais comment vous comptez y parvenir.

Il s'arrêta, lui fit face :

— C'est simple.

— Ah oui ? Comment ?

Il esquissa un sourire :

— Eh bien... avec votre aide.

Ils reprirent leur marche.

5

Seeley Booth avait du mal à croire qu'il puisse prendre un tel plaisir à marcher en compagnie de Brennan.

Elle lui avait cassé les oreilles avec ses généralisations sur la façon dont les autorités traitaient les gays mais elle s'était ensuite bien expliquée.

A présent, il s'en voulait de s'être vexé si vite... d'ailleurs, il se vexait pour un rien en ce moment...

Tandis qu'avec elle à ses côtés, cette balade le long des rues illuminées de la grande cité, dans la fraîcheur du soir, alors que la vie nocturne commençait à peine, il se sentait... bien.

— Qu'est-ce qui vous tracasse ? demanda-t-elle.

Génial ! A peine venait-il de s'avouer son euphorie qu'elle lui trouvait l'air tourmenté.

— Rien. Qu'est-ce qui vous fait croire ça ?

Elle partit d'un petit rire chaleureux, étonnamment clair ; il ne l'avait encore jamais entendue rire ainsi.

— Ah bon ? demanda-t-il en souriant. Vous vous moquez de moi, maintenant ?

— On dirait...

— Pourquoi ?

— C'est juste que... que vous répondez comme tous les hommes.

Elle baissa la voix, imita son attitude :

— « Rien ».

Il se tut, s'efforçant de ne pas pouffer.

— Pourquoi, continua-t-elle d'un ton léger, les hommes ont-ils tant de mal à reconnaître que quelque chose ne va pas ? Pourquoi restez-vous tellement sur la défensive ?

— Je ne suis pas sur la défensive.

— En tout cas, vous ruminiez je ne sais quoi.

— Je vous assure que non ! De toute façon, les hommes ont plutôt tendance à corriger ce qui ne va pas au lieu de râler.

— Je bavarde, je ne râle pas.

— Attendez, je ne voulais pas dire... Tenez, si je vous racontais ce que j'avais derrière la tête, c'est là que vous râleriez.

— Allez-y !

Ils passèrent devant un club de jazz d'où émanait un flot de musique. Booth écouta un peu avant de reprendre :

— On me demande de m'occuper de cette histoire de squelettes alors que j'ai encore l'affaire Musetti dans la tête.

— Evidemment, concéda-t-elle, vous en étiez responsable.

— De son procès autant que de sa sécurité. Il ne fait sans doute pas partie d'un de nos squelettes, mais il est sûrement mort. Enlevé en plein milieu...

— Vous n'étiez même pas là.

— Non, mais j'aurais dû y être.

— Comment faites-vous ?

— Quoi ?

— Vous voulez tout savoir, être partout à la fois. Vous vous prenez pour Superman ?

Il sourit.

— Parce que vous fréquentez même les héros de BD ?

— Attendez, je ne passe pas toute ma vie au labo !

Il se contenta de hausser un sourcil, comme s'il n'en croyait pas un mot.

— Bon, d'accord, finit-elle par concéder. Je n'ai pas passé toute ma vie au labo ! J'ai eu une enfance normale. Une vie normale. Je connais d'autres choses.

Il reprit sa marche et elle aligna son pas sur le sien.

— Pour tout dire, avoua-t-il, il n'y avait rien qui me tracassait. Au contraire, je trouvais très agréable de me promener avec vous.

Elle rit de nouveau :

— Vous appelez ça se promener ?

— Bon, c'est vrai que je pense beaucoup plus à Musetti qu'à ces squelettes... sans vouloir vous vexer...

— Vous ne me vexez pas.

— ... quand je pense à tout le temps passé sur cette affaire ! J'ai l'impression que ces... Gianelli sont en train de m'échapper et que je ne peux rien faire pour les rattraper.

— Ne vous gênez pas pour les traiter de tous les noms. Je ne suis pas une petite fleur fragile.

Il éclata de rire.

— En tout cas, vous êtes pile la personne qu'il me fallait ce soir pour me changer les idées. Je vous offre un café ?

Elle accepta.

Ils choisirent un bar aux épais fauteuils où ils s'installèrent tranquillement.

— Je comprends, reprit-elle après qu'ils eurent commandé, que l'affaire Musetti vous trotte toujours dans la tête. Où en étiez-vous quand notre tueur en série est venu interrompre votre enquête ?

— Pas très loin, en fait. Nous avons été plusieurs à interroger les Gianelli, mais ils n'ont strictement rien lâché.

Les yeux bleu clair de la jeune femme se perdirent un instant dans ses pensées. Néanmoins, ils brillaient encore d'animation.

— Et les agents qui gardaient Musetti ?

— On les a interrogés sur tout ce qu'ils avaient pu voir ou entendre ou même sentir. Que dalle.

— Il reste d'autres options ?

— Je n'ai seulement pas retrouvé le véhicule avec lequel ils se sont enfuis.

— Il n'y avait aucune empreinte dans la maison ?

— Aucune... à part celles des gardes et de Musetti.

Elle ne dit rien.

Booth goûta son café.

— Vous pensez, ajouta-t-il, une empreinte à un tel endroit, ce serait un miracle ! En fait, il n'y avait strictement aucune trace des ravisseurs. A croire qu'on avait affaire à des fantômes.

— Et vous n'avez aucun autre moyen de retrouver votre témoin ? Je sais que ce n'est pas mon domaine, alors pardonnez mon ignorance mais vous, au FBI, vous ne manquez pas de ressources !

— Vous pensez qu'on y travaille, mais les choses bougent lentement. On a interrogé la fiancée de Musetti trois ou quatre fois.

— Il a une fiancée ?

— Lisa Vitto. Elle travaille dans un restaurant, le Siracusa, à Oak Brook. Il appartient aux Gianelli, au fait.

— Ce qui ne doit pas faciliter le dialogue avec elle.

— Pas vraiment. Mais on ne lui a pas parlé au restaurant – on n'est pas encore complètement idiots. On l'a rencontrée dans son appartement. Tout ça pour rien.

— Vous avez essayé un agent féminin ?

— Non, s'avisa Booth. Vous croyez que ça changerait quelque chose ? C'est un peu sexiste de votre part, Bones.

— Pas sexiste, plutôt le contraire : réaliste. Il y a des femmes qui se confient mieux à d'autres femmes.

— Peut-être, mais je ne crois pas que Mme Vitto sache quoi que ce soit, de toute façon. Elle ignorait où se trouvait le refuge de Musetti ; elle ne pouvait donc pas le donner, volontairement ou non.

— Vous êtes sûr que Musetti ne lui a rien dit ?

— Il n'y a rien de sûr dans ce monde, mais on avait ce type à l'œil vingt-quatre heures sur vingt-quatre.

Elle haussa un sourcil :

— Du moins jusqu'à ce qu'il se fasse enlever.

— Vous tapez dur, Bones ! Mais dans le mille. Encore que je ne voie pas comment Musetti aurait pu organiser lui-même sa disparition… en tout cas, si c'est lui, Mme Vitto ne l'a toujours pas rejoint… Non, je ne vois pas comment elle serait au courant. On ne fait que spéculer.

— J'ai une idée.

— Pourquoi est-ce que ça ne me surprend pas ?

— Si on se concentre sur notre affaire, vous pourrez reprendre votre dossier mafia plus vite que prévu.

Booth n'avait certainement pas envie d'entendre ce genre de discours. Il savait pourtant que Brennan avait raison.

Chaque chose en son temps.

En finir avec cette histoire de squelettes, on verrait ensuite pour Musetti. De toute façon, d'autres agents continuaient d'enquêter sur la disparition du témoin et il recevait tous les jours leurs rapports.

Selon lesquels ils en étaient au point mort.

Après le café, Booth emmena l'anthropologue à l'agence FedEx la plus proche, ouverte jour et nuit, pour y envoyer au Jeffersonian le carton contenant les os du premier squelette.

La nuit, les couloirs du Jeffersonian muséum n'avaient rien de rassurant aux yeux d'Angela Montenegro.

Grande, ses mèches noires lui tombant sur les épaules, cette spécialiste du département d'anthropologie du Jeffersonian avait une âme d'artiste.

Si bien que son travail avec l'équipe du Dr Temperance Brennan lui donnait parfois froid dans le dos ; à plusieurs reprises déjà, elle avait envisagé de démissionner.

Mais, en fin de compte, sa loyauté envers Brennan finissait toujours par l'emporter.

Ce soir, Angela – pantalon et corsage à manches courtes noirs sous sa blouse bleue – remontait le corridor menant au laboratoire, un soda dans une main, un paquet de gâteaux à la crème dans l'autre, en se disant qu'il n'y avait aucune raison d'avoir peur.

Le reste de l'équipe se trouvait déjà sur place, à part leur patronne, évidemment, partie pour Chicago faire on ne savait quoi avec Booth. Cette idée lui arracha un sourire et elle s'empressa de la chasser.

En fait, la charge de travail ne cessait d'augmenter et

elle en venait à souhaiter que son amie revienne au plus vite de la Ville des Courants d'air.

Elle ouvrit la porte du labo et se tint un instant dans l'embrasure, s'imprégnant à nouveau de l'ambiance aussi familière qu'impressionnante des lieux, qui tranchait avec celle un peu vieillotte et rigide du reste du musée.

Equipé de parois de Plexiglas hermétiques en cas de danger, le laboratoire médico-légal dégageait une atmosphère de science-fiction avec ses encadrements d'acier brossé, ses tables de dissection et ses armoires translucides.

D'un autre côté, quand on levait la tête, on avait plutôt l'impression de se trouver dans une ancienne gare européenne. Angela en avait vu quelques-unes au cours de ses voyages en compagnie de son musicien de père.

Le toit parcouru de poutrelles offrait de jour toute la lumière dispensée par ses larges panneaux de verre mais, de nuit, semblait se perdre dans une forêt de ferraille. L'éclairage des néons devenait alors si violent qu'il en paraissait presque plus aveuglant que le plein soleil.

A sa gauche, l'assistant de Brennan, le très jeune Zach Addy, se penchait sur des ossements disposés dans la position anatomique de base, comme fasciné par le spectacle qu'il contemplait derrière de larges lunettes de plastique. A sa droite, l'œil collé à un microscope d'où il observait quelque bestiole, Jack Hodgins ne laissait plus voir de sa tête que ses cheveux frisés.

Ensemble, ils formaient une équipe hétéroclite aux talents aussi divers que complémentaires, chacun avec son caractère, son destin, ses tracas plus ou moins acceptés.

Brennan, la maîtresse des lieux, veillait au grain et, bien qu'elle n'ait rien d'une éducatrice modèle, elle était parvenue à sa façon à former son groupe de « fouines », comme les appelait Booth, pour leur inculquer un authentique esprit de famille.

Angela sentit son mobile vibrer à sa ceinture. Elle fourra ses gâteaux dans sa poche.

L'appareil se mit à sonner et elle vit Zach et Hodgins lever la tête en même temps, l'air contrarié, tels deux chiens de prairie soudain sur le qui-vive.

Collant l'écouteur à son oreille, Angela répondit.

— C'est moi, dit la voix de Brennan.

— Qu'est-ce qui t'arrive, ma chérie ? Ça ne se passe pas comme tu veux avec Booth ?

— Si, c'est autre chose.

— Attends, ce n'est pas cochon, au moins ?

— ... Toi, quand je rentre, tu vas m'entendre !

— Quoi ? Alors que je me préoccupe de tes relations sociales ? A quoi servent les amis...

— Les vrais amis ! coupa Brennan en riant. Bon, je t'ai envoyé un paquet directement au labo. Je voudrais qu'avec Zach et Jack vous en examiniez le contenu sous toutes les coutures et me disiez ce que vous en pensez.

— Quel contenu ?

— Un squelette entier... sauf qu'il ne provient pas d'un seul corps.

— Qu'est-ce que tu nous as encore inventé ?

— Moi, rien. C'est juste que tu trouveras tous les os nécessaires à un squelette complet alors qu'ils ont été prélevés sur plusieurs cadavres différents. Quelqu'un en a tiré une sorte de... faux squelette parfaitement recomposé.

— Tu veux rire ?

— Non, je veux juste que tu détermines combien de

gens ont servi à le fabriquer et, si possible, que tu les identifies.

— Ce sera tout ?

— Non : c'est pour hier.

Angela jeta un regard entendu à Zach et Hodgins.

Ils semblaient avoir compris qu'elle parlait à Brennan et s'approchaient à pas de loup.

Angela continuait d'un ton plaintif :

— Tu te fiches de moi ! Et je te ferais remarquer que tu me fais de plus en plus penser à Booth. Il déteint sur toi, tu ne devrais pas le voir aussi souvent.

— Tu as le droit de penser ça jusqu'à l'arrivée du paquet, ensuite, tu te mets au boulot.

— Tu sais bien que c'est ce qu'on va faire, chérie.

Angela ferma son téléphone.

— On va... faire quoi ? interrogea Hodgins soupçonneux.

Il était du genre à suspecter que tout ce qui provenait de l'Etat, de la télévision aux céréales de son petit déjeuner, contribuait à empêcher les gens à découvrir la vérité – quelle qu'elle soit.

En règle générale, Angela considérait son collègue comme un rien azimuté mais, chaque fois que ses théories lui semblaient plausibles, il lui faisait peur.

— On va examiner le squelette que Temperance nous expédie par FedEx.

— Ah... lâcha Hodgins sceptique.

Il réprima un sourire. Il adorait son travail.

— C'est tout ? demanda-t-il.

— On ne fait que ça toute la journée ! fit remarquer Zach de sa voix haut perchée.

— Cette fois, c'est différent, assura Angela en faisant sauter la capsule de son soda.

— Comment ça ? demandèrent les deux autres en chœur.

— Un squelette… Multiples donneurs…

Booth gara la Crown Vic sous le baldaquin de l'hôtel. Il ouvrit la portière de Brennan puis l'aida à sortir son sac du coffre.

— Vous venez au muséum avec moi demain ? lui demanda-t-elle.

Il hocha la tête :

— Comme prévu.

— Passez me prendre tôt. Je veux arriver de bonne heure.

— Entendu, patron.

— Booth, ce n'était pas un ordre !

— C'est pourtant l'effet que ça m'a fait.

Elle se reprit :

— Passez me prendre tôt, s'il vous plaît.

— Pas de problème, dit-il en souriant.

Elle lui adressa un clin d'œil puis saisit son sac et passa les portes à tambour de l'hôtel.

Booth remit le contact et, sans même y réfléchir, fit prendre à la Crown Vic la direction du bureau.

Ce n'était qu'en dehors des heures de travail qu'il pouvait enfin se consacrer à l'affaire Musetti/Gianelli.

Le lendemain matin, il arrivait tôt, comme promis.

Brennan se leva en le voyant entrer à la réception et le suivit jusqu'à la voiture.

Elle portait un chemisier marron orné d'un collier de bois sans grâce, un pantalon brun clair, ainsi qu'une veste de velours pour la protéger des coups de froid de l'automne.

Une fois qu'elle eut bouclé sa ceinture, Booth lui

tendit un gobelet de carton rempli d'un café chaud et fort semblable à celui de la veille au soir.

— Vous avez pris votre petit déjeuner ? demanda-t-il.

Elle fit non de la tête.

Il désigna un sachet à ses pieds.

Brennan le prit, l'ouvrit.

— Des petits pains. Parfait !

Tandis qu'il conduisait, elle mangeait, si bien qu'ils ne discutèrent pas longtemps au cours de ce trajet qui dura une demi-heure. Sans trop savoir pourquoi, Booth se sentait mal dans sa peau. Il avait passé une bonne soirée mais cette journée qui commençait requérait un ton professionnel auquel il n'avait pas envie de sacrifier. Ni elle, apparemment.

De nouveau, le Dr Wu les attendait dans le lobby du Field muséum mais, cette fois, elle était accompagnée du lieutenant Greene qui portait une boîte marquée PIÈCES À CONVICTION.

Tous deux étaient lancés dans une conversation animée.

— Comment peut-on aimer le football à Chicago et ne pas être fan des Bears ! s'écria Greene indigné.

Le Dr Wu fit la grimace :

— J'ai fait mes études à Boston, je ne connais que les Patriots.

— Ils ont été battus à plate couture en 85.

— C'est de l'histoire ancienne ! Qui a gagné trois des quatre derniers Super Bowls ?

Greene ne répondit pas.

Brennan murmura à Booth :

— On dirait que vous voilà évincé.

— Vous pourriez cacher votre joie ! grommela-t-il à voix basse.

Le Dr Wu leur adressa un signe :

— Bonjour, tous les deux ! Le labo nous attend.

Tous se serrèrent la main tandis qu'elle poursuivait :

— Le lieutenant a eu l'amabilité de nous apporter les ossements, nous allons donc pouvoir commencer.

— Allons-y, dit Brennan.

Greene déposa sa boîte dans le labo du sous-sol ; aussitôt, Brennan et le Dr Wu entreprirent de disposer les os sur la table centrale.

Pendant ce temps, Booth et Greene trouvaient une machine à café dans une salle de repos et s'installaient autour d'une desserte.

A cette heure matinale, ils étaient seuls mais goûtaient le silence. Booth sirotait son deuxième café de la matinée.

— Rien de nouveau avec notre SDF ? demanda-t-il.

— Non. Mais je dois dire que ce brave Pete s'est montré très coopératif. Comme souvent les gars de sa condition. Il m'a conduit à l'endroit où s'était garé notre transporteur de squelette.

— Ça a donné quelque chose ?

— Rien du tout.

— Et le voisinage ?

— J'ai une équipe sur place.

— Il n'y a pas de dossiers non résolus dans ce quartier ?

Greene but un peu de café, puis :

— Mon coéquipier vérifie les cas de personnes disparues remontant à quarante ans. Vos gens ont trouvé quelque chose ?

— Rien pour le moment. Mais mon coéquipier, Woolfolk, s'en occupe.

— Je croyais que c'était la fille, votre coéquipière.

Booth haussa les sourcils :

— Oh là ! Ne répétez pas ça devant elle ! Si elle vous entendait la traiter de « fille »... cela dit, c'est un peu ma coéquipière, en effet – côté squelette.

Greene pencha la tête de côté.

— Au fait, il faut que je vous dise... j'ai repris contact avec un type de ma connaissance... au sujet d'un suspect possible.

— Un suspect ?

— Ne vous emballez pas. Ça remonte à plusieurs années.

— Comme certains de ces os. Je me fiche que ça date d'un siècle. Allez-y !

Greene poussa un soupir et regarda son café :

— Ça s'est passé dans le même quartier. Un habitant de la même rue – Orchard Street. C'était il y a une vingtaine d'années, facile... je sortais tout juste de l'école de police. On avait mis tout le monde sur une affaire de personnes disparues... des gays aperçus dans les parages.

Booth s'agita sur son siège :

— Vous ne pouviez pas le dire plus tôt ?

— Minute, j'y arrive... Toujours est-il que nos collègues ne possédaient aucune preuve tangible mais tout convergeait sur un seul suspect, selon moi, en tout cas. Seulement personne n'aurait écouté un bleu encore boutonneux.

— Personne n'a voulu entendre votre théorie ?

— Pas vraiment... Le suspect en question... un certain Bill Jorgensen... avait alors cinquante ans. Ces jeunes gens, les victimes, étaient tous en bonne santé, certains s'entraînaient régulièrement ; pourtant, personne dans mon équipe ne m'a pris au sérieux. Je n'ai jamais pu les convaincre que ce type de cinquante ans pouvait s'en prendre à de solides gaillards, homos ou pas. Sans compter qu'à l'époque ces gens-là déménageaient sans arrêt. Soit à cause de problèmes sur leur lieu de travail soit parce qu'ils aimaient changer d'air. Toutes sortes de raisons possibles.

— En effet. Mais venons-en à celui qui vous a conduit à croire que ce bonhomme aurait pu s'en prendre à des jeunes gens en pleine santé.

Greene chiffonna sa tasse et la lança droit dans une corbeille à l'autre bout de la pièce. Puis il se retourna vers Booth, l'air imperturbable.

— Ce Jorgensen était lui-même en pleine forme, surtout pour un quinquagénaire. Il passait son temps dans des salles de gym. Il s'entraînait.

— Ça semble logique. Autre chose ?

— En fait, aucune preuve formelle pour l'inculper... pourtant, il n'avait pas d'alibi pour les soirs où quelques-uns de ces jeunes gens ont disparu ; en outre, on l'a vu traîner dans les bars qu'ils fréquentaient... encore que personne n'ait jamais pu affirmer l'avoir aperçu avec eux.

— Je vois.

— Il s'agit avant tout de présomptions, nous n'avions rien de solide, rien qui nous permette d'obtenir un mandat. Et moi, le petit nouveau, je pouvais toujours courir...

Booth réfléchit un long moment.

— Vous n'en avez pas parlé hier soir. Pourquoi ?

— Pour deux raisons. D'abord, je me suis tellement acharné sur ce type à l'époque qu'il a obtenu une ordonnance m'enjoignant de ne plus m'approcher de lui. Ne me regardez pas comme ça, Booth, je n'étais alors qu'un gamin enthousiaste qui croyait avoir débusqué un tueur en série.

— Bon, je comprends.

— Alors comprenez également ceci : j'ai eu droit à un blâme et j'ai failli me faire virer. J'ai lâché le morceau aux médias et Jorgensen a failli intenter un procès à la ville…

— Vous avez parlé de deux raisons.

— Oui. La seconde étant que ce monsieur a déménagé du quartier et que j'ai perdu sa trace. Il doit avoir soixante-dix ans aujourd'hui. Je ne sais même pas s'il est encore vivant.

— Vous pourriez vérifier.

— C'est ce que je fais, mais j'utilise les services d'un indic ; je préfère éviter de passer par les voies légales, du moins dans un premier temps. Si mes supérieurs apprenaient que je m'en prenais de nouveau à Jorgensen, ils nous en pondraient une pendule.

— Même si le FBI s'en mêlait ?

Greene l'arrêta des deux mains :

— Ils savent qu'on est tous les deux sur l'affaire, ils pigeraient tout de suite qui leur a refilé l'information. Même ces abrutis d'inspecteurs qui ont massacré l'enquête il y a vingt ans n'auraient pas de mal à faire la relation.

Songeur, Booth but son café sans rien dire.

— Ce serait pourtant un formidable progrès, finit-il par observer.

Greene rit jaune :

— Et si on commençait par votre suspect ?

— Quel suspect ?

— C'est cela ! Trouvez une idée, mon pote, et je vous suis des deux pieds.

— Voyons… on pourrait toujours jeter un coup d'œil du côté de Jorgensen.

— Comme je vous l'ai dit, j'y ai mis un gars qui ne devrait pas tarder à me renseigner.

Greene poussa un énorme soupir avant d'ajouter :

— Vous croyez qu'on va finir par lui mettre la main dessus ? Quand je pense qu'il s'en est tiré comme une fleur, à l'époque, que c'est moi qui ai récolté tous les ennuis…

— Vingt ans ont passé depuis. Vous êtes devenu un pro reconnu… et je ne suis pas mal non plus.

— Sans compter cette « fille » qui bosse avec vous, ajouta malicieusement Greene.

— Cette « fille » comme vous dites, est une espèce de génie. On a mis des gens extraordinaires sur l'affaire, le meilleur matériel qui soit.

— Pourtant, fit remarquer Greene, cet enfoiré a littéralement déposé son trophée devant chez vous.

— Il en a fait autant chez vous.

— Si c'est Jorgensen… il se fiche littéralement de nous deux.

— Il ne nous reste qu'à lui montrer que, cette fois, il a manqué de jugeote.

Booth et Greene passèrent les quatre heures suivantes à parler football, à boire du café, tout en appelant régulièrement leurs équipes pour savoir où elles en étaient.

Finalement, Brennan les fit venir au labo où, avec le Dr Wu, elles avaient sorti tous les ossements du sac.

— Deux cent six os, annonça Brennan. Un autre squelette complet.

— La même personne, cette fois ?

— Pas du tout. C'est encore un mécano. Le fémur ?

— Le grand os de la cuisse, récita Booth.

— Vous voyez une différence entre les deux ?

— Non.

— L'un est plus long que l'autre, nota Greene.

Vexé, l'agent du FBI s'interdit de réagir. Ce n'était pas le moment de se couvrir de ridicule en faisant le joli cœur devant ces charmantes jeunes femmes qui, accessoirement, avaient chacune la tête plus remplie que les deux hommes réunis.

Il s'aperçut que Brennan le regardait fixement, ce qui lui donna aussitôt la désagréable impression qu'elle lisait dans ses pensées…

— Leurs deux propriétaires avaient atteint l'âge adulte, poursuivit-elle sans le quitter des yeux. Mais l'un mesurait dix centimètres de moins que l'autre.

De nouveau, Greene posa la question qui s'imposait :

— Vous dites que l'un était plus petit que l'autre… il faut en conclure que ce sont des hommes ?

— D'après les arcades sourcilières, le crâne appartient bien à un homme, dit le Dr Wu. Elles sont plus proéminentes que chez une femme.

— Le bassin aussi est masculin, ajouta Brennan.

— Quoi encore ? demanda Booth.

— Les doigts.

Booth regarda les mains du squelette.

Les doigts n'avaient pas tous la même longueur, ce qui, en soi, était normal, mais, en la circonstance, la différence devenait trop criante – l'index gauche dépassait l'annulaire et même le médium ; un pouce paraissait long, l'autre court et un annulaire ne semblait pas correspondre aux autres doigts.

— Vous êtes sûres que tous les os sont à leur place ? demanda-t-il.

Aussitôt, il regretta sa phrase car cela lui valut un regard noir de Brennan.

— Je posais juste la question, marmonna-t-il.

— Oui, répondit-elle. Tous les os sont à leur place.

— Pourriez-vous initier les deux profanes que nous sommes ? demanda Greene.

— Avec plaisir : les doigts sont composés de plusieurs os. D'abord les métacarpiens, formés des phalanges proximale, moyenne et distale. Votre suspect a utilisé au moins deux corps… et je parierais qu'il y en a plus… pour construire ce spécimen.

— Bon Dieu ! s'exclama Greene.

— Même chose pour les pieds, renchérit le Dr Wu. Bien que tous les os s'y trouvent, ils ne proviennent pas de la même personne. L'usure en est complètement anarchique.

— Et le bout de cet annulaire ? demanda Booth en désignant le doigt qui le gênait.

— Cassé, dit Brennan. Depuis très longtemps. C'est entre autres pour ça qu'on a conclu à la double origine au moins de ces phalanges : la distale est pratiquement écrasée tandis que la médium est normale.

— Pourquoi ? C'est impossible ?

— Non, mais extrêmement rare… surtout quand on considère l'énorme dommage causé sur la distale.

— Est-ce que, par hasard, on pourrait déterminer si une partie de ces os n'appartiendrait à l'une des personnes qui ont formé le premier squelette ?

— Si, mais après un examen beaucoup plus complet. Je verrai ça quand je retournerai au Jeffersonian.

— Vous voulez y emporter tout ça ?

— Oui. On est très bien ici et j'apprécie l'aide et l'hospitalité du Dr Wu, mais j'obtiendrai de bien meilleurs…

— Je ne peux pas vous laisser partir, Bones. On a reçu deux squelettes en deux jours… vous ne croyez pas que notre cinglé va s'en tenir là !

Brennan réfléchit mais n'opposa pas d'objection.

— Dans ce cas, conclut-elle, on va emballer celui-ci et l'expédier dès que possible au Jeffersonian.

— Bon. Et le premier squelette ?

— Je n'ai pas encore appelé mon équipe.

Ce disant, elle sortit son mobile, composa un numéro abrégé.

Angela décrocha dès la deuxième sonnerie et l'ouïe hyper exercée de Booth lui permit de capter toute la conversation :

— Ça va bien, chérie ?

— Je vais t'envoyer un deuxième squelette.

— Tu m'en diras tant. Tu es à Chicago ou à Sarajevo ?

— Toujours à Chicago.

— Encore un remontage ?

— Oui. J'ai déjà repéré au moins deux sources différentes. Tu as reçu l'autre squelette ?

— A la première heure ce matin – on a lancé les tests ADN et Jack travaille sur la terre restée accrochée aux os.

— Parfait. N'hésite pas à m'appeler dès que tu as quelque chose.

— Tu sais que ça va prendre du temps.

— Il y en a un, en tout cas, qui n'en perd pas à nous livrer des squelettes faits maison. Deux en deux jours.

Là-dessus, Brennan raccrocha.

— Il faut que je téléphone moi aussi, dit Greene. Je reviens.

Tandis qu'il sortait, Booth regardait les deux anthropologues entreprendre de ranger les os dans une boîte, pour une deuxième expédition. Quand elles eurent fini, Brennan marqua l'adresse du Jeffersonian sur le couvercle.

Greene venait de rentrer, l'air dubitatif.

— Je n'en reviens pas ! s'exclama-t-il. Je ne sais pas si c'est une bonne ou une mauvaise nouvelle...

— Jorgensen, votre suspect favori, est toujours vivant ?

— Ouais. Il habite la banlieue…

Booth sourit de toutes ses dents :

— On lui rend une petite visite ?

— Ça fait tellement longtemps… vingt ans. Vous croyez qu'il m'aura oublié ?

— Quand on a obtenu une ordonnance judiciaire, ça aide à se souvenir des gens.

— Quelle ordonnance judiciaire ? lança Brennan.

Sans répondre, Booth poursuivit à l'adresse du policier :

— Elle est toujours valable ?

— Non, il y a prescription maintenant.

— Quelle ordonnance judiciaire ? répéta Brennan.

Booth lui fit signe que c'était sans importance.

— Ce serait trop long à vous expliquer.

— Trop long, renchérit Greene.

Brennan paraissait de plus en plus agitée.

— On va faire un petit tour avec le lieutenant Greene, ajouta Booth.

Elle se plaça carrément sur son chemin pour lui bloquer le passage.

— Pas sans moi !

Greene ouvrit la bouche pour répondre mais Booth le fit taire de la main :

— Vous voulez voir votre pote Jorgensen tant qu'il est encore vivant ?

— Ouais, bien sûr.

Booth eut un sourire en coin :

— Alors ne commencez pas à discuter avec Bones ou on sera tous dans l'état du contenu de cette boîte avant d'en avoir fini.

— C'est que… s'il s'agit de votre coéquipière…

Sous l'œil furieux de Brennan, Booth se tourna vers le Dr Wu :

— Je ne voudrais pas abuser de votre gentillesse, mais…

— Vous aimeriez que j'expédie la boîte dès ce soir ?

Il lui décocha un large sourire :

— Merci.

Greene prit sa voiture tandis que Booth et Brennan suivaient dans la Crown Vic. Le trajet entre le Field muséum et la banlieue d'Algonquin dura près d'une heure.

Au cours de cette heure, Booth mit Brennan au courant de sa conversation avec Greene.

Elle ne l'interrompit qu'une fois :

— Vous lui avez dit que j'étais votre coéquipière ?

— Oui.

— Je croyais que c'était ce Woolfolk.

— C'est Woolfolk. Il n'empêche que cette affaire, c'est vous et moi qui la menons, Bones.

— Contente de l'entendre dire.

— C'est la vérité.

— N'empêche…

— Quoi ?

— Cessez de m'appeler Bones.

Elle n'avait pas mis beaucoup de conviction dans cette dernière phrase.

Booth suivit Greene lorsque celui-ci quitta l'autoroute pour gagner une large avenue puis bifurquer dans une rue bordée de pavillons avant d'emprunter un cul-de-sac où il se gara enfin.

Il y avait là trois maisons. Jorgensen occupait celle du milieu, une grande demeure de briques pleine de décrochements et de toits pentus, double garage sur la gauche, allée menant au large perron.

L'ensemble était bien tenu sinon luxueux.

Pas du tout ce qu'on aurait pu imaginer du repaire d'un malade défiant le FBI à coups de squelettes recomposés.

Néanmoins, Booth et ses semblables savaient très bien que tous les criminels n'habitaient pas forcément la sinistre baraque de *Psychose*.

Pour tout dire, les habitations de ce quartier semblaient tout aussi anonymes que leurs propriétaires. C'était à l'intérieur qu'on trouverait des différences…

Booth et Brennan rejoignirent Greene à l'entrée de l'allée menant à la maison mais aussi à un jardin fermé par un grillage.

— Qu'est-ce qu'on fait ? demanda Booth.

Greene eut un sourire mauvais :

— Je me disais que j'irais bien frapper à la porte ; si M. Jorgensen veut se manifester, je lui dirai bonjour. Comme il se doit avec les vieilles connaissances.

— Ça me va, dit Booth.

— Et moi, qu'est-ce que je fais ? demanda Brennan.

— Vous attendez là.

— On a affaire à un vieux monsieur de soixante-dix ans… je pourrais…

— Docteur Brennan, coupa Greene, ne sous-estimez surtout pas ce « vieux monsieur de soixante-dix ans ». S'il est coupable, il n'hésitera pas à se débarrasser d'un adversaire. Vous avez déjà entendu parler d'un tueur en série qui se soit arrêté tout seul de tuer ?

— Bon, j'attendrai là-bas. Mais pas avant d'avoir posé une dernière question…

— Laquelle ?

— Que faisait M. Jorgensen dans la vie ?

— A l'époque où j'enquêtais sur lui, il enseignait l'anatomie à l'université de Saint-Sebastian.

Brennan fronça les sourcils.

— C'est une petite école de médecine, au nord de la ville, expliqua Greene.

— Et vos disparus, ils n'ont aucun rapport avec cette école ?

— Pas directement avec Jorgensen du moins. Toutefois, il existait une relation entre un de ses étudiants et l'un des disparus. Mais nous n'avons jamais pu faire remonter cette information jusqu'à Jorgensen.

— Je propose d'aller lui dire bonjour, reprit Booth, avant que tous les voisins ne lui téléphonent pour lui demander qui sont ces trois inconnus qui bavardent devant chez lui.

En se dirigeant vers la maison, Booth ôta la sécurité de son pistolet. Leur interlocuteur pouvait bien avoir soixante-dix ans, ils n'en avaient sans doute pas moins affaire – comme l'avait souligné Greene – à un tueur en série.

En passant devant le living, il crut voir bouger le rideau de la fenêtre.

Alors que Greene grimpait la marche du perron, la porte d'entrée s'ouvrit sur un homme de taille moyenne mais encore vigoureux.

Le visage ridé, les yeux cernés de pattes d'oie, la bouche si mince qu'elle ne formait qu'un trait sur son visage, le nez petit et droit, il ne devait pas mesurer plus d'un mètre soixante-quinze et arborait des cheveux noirs, visiblement teints. Il portait des tennis, un jean et un T-shirt rouge qui soulignait d'épais biceps dignes d'un homme beaucoup plus jeune.

Si c'était Jorgensen, il semblait en bien meilleure

forme que pas mal d'agents du FBI de la connaissance de Booth.

— Vous désirez ? demanda-t-il d'une voix puissante et grave.

Greene sortit son insigne.

— Monsieur Jorgensen...

Un quart de seconde, Booth vit un éclair passer dans l'œil de l'homme ; un éclair de gêne.

— Vous ! brama Jorgensen.

Le pistolet surgit de nulle part et le premier coup atteignit Greene en pleine poitrine, l'envoyant sur Booth qui essayait de sortir son arme.

L'impact les expédia tous deux au sol tandis que Jorgensen s'apprêtait à tirer un deuxième coup de feu.

Booth n'eut pas le temps de la retenir.

Brennan venait de jaillir, sautant par-dessus les deux hommes ; d'un coup de pied, elle désarma le vieil homme qui recula en l'agrippant par la manche...

... et l'entraîna à l'intérieur avec lui !

Après avoir vérifié que son gilet pare-balles avait effectivement protégé le lieutenant, Booth l'écarta et se releva, l'arme à la main.

Il se rua dans le living qui avait dû être rangé, du moins avant le passage en trombe de Brennan et Jorgensen qui avaient jeté une lampe au sol, cassé une table basse en verre, envoyé promener des magazines à travers toute la pièce.

Booth entendit une lourde respiration sur sa gauche. Il fila derrière le canapé, contourna un angle et se retrouva dans une salle à manger meublée d'une table et de six chaises dont trois renversées.

La bagarre s'était déplacée dans la cuisine. Il évita une chaise dans sa course et jaillit en trombe dans la pièce où il trouva Jorgensen brandissant un couteau de boucher.

Booth ne put tirer : en eux s'interposait Brennan, qui lui tournait le dos.

— Monsieur Jorgensen, dit-elle d'une voix calme mais essoufflée. Nous venions juste vous parler.

— Je n'ai rien à vous dire ! gronda-t-il les yeux fous. Ni à ce connard d'inspecteur !

— Bones, dit Booth, déplacez-vous d'un pas.

Sans se retourner, elle répliqua :

— Bouclez-la. Personne ne tirera plus sur personne, aujourd'hui.

Booth parcourut la cuisine d'un coup d'œil circulaire, à la recherche d'un autre angle d'attaque. C'était une grande pièce pleine de comptoirs en acier.

— A défaut de balle, persifla Jorgensen, vous pourriez recevoir un coup de couteau !

Il allait sauter sur Brennan qui s'esquiva en se jetant à terre.

Booth appuya sur la détente mais Brennan avait saisi Jorgensen par les pieds, si bien que la balle ne toucha le vieil homme qu'à l'épaule ; celui-ci laissa échapper le couteau qui heurta le réfrigérateur alors que Brennan cueillait Jorgensen d'un coup de coude à la tempe, l'assommant au passage.

Cependant, le couteau tombait sur le linoléum.

Personne ne bougea.

L'odeur de cordite flottait dans l'air. Les oreilles de Booth vibraient encore du coup de feu.

C'est alors que Brennan se releva en criant :

— Vous avez failli me tuer !

Il en vint presque à regretter de ne pas avoir eu les tympans crevés.

— Je vous avais dit de ne pas tirer ! continua-t-elle

sur le même ton assourdissant. Ce n'était pourtant pas difficile à comprendre ! Booth, ce couteau…

Il rangea son arme, la prit par le bras, fermement mais sans brutalité :

— Moi aussi, j'ai eu peur.

Elle se dégagea, mal à l'aise.

— Je… je n'avais pas peur… Je voyais bien qu'il…

— Bones, arrêtez de hurler !

— Je hurle parce qu'un gros lourdaud m'a tiré dessus !

— Pas sur vous, près de vous. Mais on en reparlera plus tard, il faut que je m'occupe de Greene.

A ce moment précis, ce dernier apparut dans l'encadrement de la porte, la veste ouverte sur un gilet pare-balles, le projectile fiché à hauteur du cœur.

Il grimaça un sourire.

— Bon sang ! Ça fait un mal…

— Ça va ? demanda Booth.

— J'ai vu pire. Enfin pas tant que ça…

Des sirènes retentirent dans le lointain.

Greene tendit un pouce tremblant en direction du bruit.

— J'ai appelé des renforts. Encore que vous n'en ayez pas eu besoin. Il est mort, ce vieux salaud ?

— Non, dit Booth. C'est Brennan qui l'a assommé d'un coup de coude.

Greene posa sur la jeune femme un regard plein de respect :

— Hé bé ! Faut pas vous contrarier, vous !

— Bones a des dons cachés, assura Booth.

Greene se dirigea vers le suspect en ajoutant :

— Une vraie Rambo en jupons.

— D'abord je ne porte jamais de jupons, s'emporta

Brennan. Ensuite je ne vois pas de qui vous voulez parler.

Greene écarquilla les yeux.

— Elle ne sort pas le dimanche, assura l'agent du FBI.

Attrapant un torchon, Brennan se mit à genoux pour l'appuyer sur l'épaule du vieil homme.

Cependant, Booth conseillait à son collègue :

— Vous devriez vous asseoir deux minutes. Vous êtes tout blanc.

Greene s'appuya au comptoir.

— Les héros de cinéma ne se rendent pas compte que ça fait un mal de chien !

— On dirait que M. Jorgensen vous en veut encore.

— A moins, intervint Brennan, que le lieutenant Greene n'ait eu raison en estimant qu'il avait quelque chose à cacher.

— C'est sûr, renchérit Booth les yeux brillants. Dès que les secours seront là, on pourra inspecter la maison.

6

Temperance Brennan, très professionnelle les bras croisés, le menton haut, tremblait pourtant de tous ses membres.

Alors qu'elle attendait à l'extérieur de la maison – et que la police, les experts et les secouristes allaient et venaient comme dans une fourmilière – elle cédait enfin à la peur... ou, du moins, à un sentiment indéfinissable qu'elle ne parvenait à dominer.

Elle n'avait pas menti à Booth : elle n'avait effectivement pas eu peur dans la cuisine, tant elle s'était concentrée sur Jorgensen et son couteau.

Mais lorsque la balle de Booth avait sifflé à son oreille, lorsque la lame s'était pointée sur elle, sa belle maîtrise de soi l'avait abandonnée.

On ne pouvait pas s'y fier.

Et les flics de Chicago qui ne cessaient d'entrer, comme s'il n'y en avait pas déjà assez ; sans compter les contingents du FBI déjà bien représentés, et les quelques voisins présents venus regarder ce qui se passait. Le patron de Booth, Dillon, donnait son avis sur cette fusillade pendant que les secouristes soignaient Greene dans le jardin.

Une ambulance avait déjà évacué Jorgensen. Sa blessure n'était pas mortelle mais il fallait extraire la balle de son épaule.

Il resterait sous la garde de la police avant d'être présenté à un juge pour tentative de meurtre sur le lieutenant Greene et voies de fait sur Brennan. Si les experts trouvaient le moindre indice d'autres crimes commis dans la maison, cette liste ne ferait que s'allonger.

Brennan, que personne n'interrogeait, ne soignait ou ne se semblait seulement remarquer, restait seule dans son coin.

Tout paraissait bien se passer, du moins jusqu'à ce que son téléphone sonne.

S'attirant enfin quelques regards, elle le sortit de sa ceinture, l'ouvrit :

— Brennan.

— Salut, ma chérie ! lança la voix enjouée d'Angela.

Tournant le dos à Dillon, à Booth et à tous les autres, elle lui raconta ce qui venait d'arriver.

— C'est pas vrai ! s'écria Angela à plusieurs reprises. Ça va bien, au moins ?

— Oui.

Pieux mensonge.

— Je ne veux pas dire juste physiquement, ma grande, mais mentalement, émotionnellement. Tu dois être…

— Merci de t'en soucier, Ange, mais dis-moi plutôt où vous en êtes avec le premier squelette.

— On essaie d'en identifier les différents éléments, seulement, ça va prendre du temps.

Ce n'était certes pas ce que Brennan voulait entendre.

Elle crut percevoir du bruit derrière son amie et cette dernière interrompit un instant la conversation pour s'adresser à quelqu'un d'autre, avant de reprendre la ligne.

— Jack voudrait te parler, annonça-t-elle. Ne coupe pas.

Le Dr Jack Hodgins, l'entomologiste de l'équipe, s'y connaissait mieux en spores et en minéraux que tout le personnel d'une université.

— Temperance ! commença-t-il de sa voix saccadée comme une mitraillette. Comment va Chicago ? Tu as résolu le meurtre d'Anton Cermak ?

— Je ne vois pas ce que tu veux dire.

— En 1934, le patron de la bande d'Al Capone, Frank Nitti, a fait flanquer une dérouillée au maire Cermak à Miami. Les journaux ont annoncé que c'était une balle perdue destinée à Franklin Roosevelt, mais elle visait bel et bien le maire.

— Très intéressant, sauf que je ne vois pas ce que ça vient faire ici, Jack.

— Et alors, docteur, tu es à Chicago, non ? C'est le... Disneyworld de la pègre !

— Je ne vois toujours pas le rapport avec notre affaire.

— Oh, pardon ! Bon, j'ai fait quelques découvertes au sujet de la terre restée accrochée aux os.

Elle attendit.

— Le contenu de silice et d'oxygène est très élevé.

— Du sable ?

— Pas comme sur une plage... mais un terrain très sablonneux.

— A Chicago ?

— Oui. Au début, j'ai eu la même réaction que toi

– à part les bords du lac, ce genre de terrain n'existe pas dans la région. Donc il fallait rester autour du lac.

— Les os provenaient de corps enterrés sur la plage ?

— Je t'ai dit, pas dans le sable… dans un terrain sablonneux.

— C'est-à-dire ?

— Qu'il faut chercher autour du lac, pas forcément sur les bords immédiats… peut-être à côté d'une rivière, ou même dans une banlieue. En plus, c'est un sol riche, sans doute un marécage. Pas assez acide pour une tourbière.

— Ce qui nous fait beaucoup de terrain à couvrir, soupira Brennan. Tu saurais le situer autour de Chicago ?

— On y travaille. On n'a pas fini les tests… je t'avertis dès que j'ai du nouveau.

— D'accord, Jack.

Après de rapides au revoir, elle raccrocha.

Ensuite, elle se mit en quête de Booth et le trouva en train de discuter avec Dillon et l'équipe d'experts.

A son approche, ils lui firent de la place.

— Qu'est-ce qui se passe ? demanda-t-elle.

— Voici le lieutenant Ron Garland, dit Booth.

Un homme mince et de haute taille, aux courts cheveux blonds et au regard bleu un peu triste, lui tendit la main. Il portait un pantalon gris, une chemise blanche ouverte et un coupe-vent bleu marine arborant le logo de la police scientifique de Chicago.

— Voici le Dr Temperance Brennan, continua Booth. Racontez-lui ce que vous venez de me dire.

Garland s'éclaircit la gorge et commença :

— Euh, madame Brennan, c'est un honneur de vous rencontrer… je, euh… j'ai adoré votre livre.

Elle sourit et détourna modestement les yeux. Elle se sentait toujours un peu gênée face au public de ses lecteurs, même si les compliments d'un spécialiste ne pouvaient que la flatter.

Pourtant, que dire d'autre que « Merci » ? Ce qu'elle fit.

— Je ne parlais pas de ça, intervint Booth, mais de la maison.

Garland le regarda de travers, l'air de lui dire d'aller se faire voir.

— Ne vous en faites pas, intervint Brennan, le tact n'est pas le fort de l'agent Booth.

Garland lui répondit d'un sourire puis reprit vite son air sérieux :

— On a trouvé une planque dans le placard de la chambre… et voilà ce qu'on en a sorti.

Un autre enquêteur s'avança pour montrer un gros album photo vert déjà dans son sac de plastique.

— Qu'est-ce que c'est ? demanda Brennan.

— Une sorte d'album souvenir, si vous voulez. Jamais vu une horreur pareille… et j'en ai pourtant vu !

Elle sentit son cœur se serrer.

— Dites-moi, insista-t-elle.

Il paraissait vraiment bouleversé.

— On dirait qu'il prélevait un morceau de peau sur chacune de ses victimes… qu'il séchait ensuite entre les pages de son album.

Elle déglutit, étouffa un soupir de répulsion.

— Malheureusement, ajouta le lieutenant, il y a pire encore.

Elle se raidit :

— Vous croyez ?

— Le vide sanitaire.

— Ah bon ! Vous m'avez fait peur.

Garland cligna des yeux.

— Pardon, ajouta-t-elle. C'est juste une question de point de vue. Ce genre de chose... c'est mon élément.

D'un seul coup, elle se sentit libérée, autant de son dégoût que de la peur consécutive à son algarade dans la cuisine.

Pour la première fois depuis qu'elle avait quitté le Field muséum, cet après-midi, elle se retrouvait.

— Montrez-moi ça, dit-elle au lieutenant.

Il les précéda, elle et Booth, dans le living, puis dans la salle à manger, puis dans la cuisine.

A côté du réfrigérateur, invisible depuis l'entrée, il y avait une porte qu'elle n'avait pas remarquée sur le moment. Celle-ci menait à une buanderie équipée d'une machine à laver et d'un sèche-linge. Derrière apparaissait une autre porte, à présent ouverte sur le garage.

Garland désigna le sol.

Brennan vit tout de suite la trappe ronde en métal à ses pieds.

— Le vide sanitaire, indiqua-t-il.

Elle échangea un regard avec Booth qui semblait beaucoup plus perturbé qu'elle.

Ce qui, quelque part, était rassurant. Cet athlétique tireur d'élite qui marquait une hésitation devant un trou percé dans le plancher. Un endroit où elle pénétrerait sans la moindre hésitation, même si elle savait ce qui l'y attendait.

Elle demanda une paire de gants de latex au lieutenant puis s'accroupit, attrapa l'anneau de la trappe, la souleva.

L'odeur, quoique légère, la frappa sur-le-champ.

— Vous avez raison, dit-elle à Garland. Il y a quelque chose en pleine décomposition là-dessous.

Personne ne dit rien quand elle s'avança, s'assit sur le rebord, laissant ses jambes pendre dans le vide obscur.

Le policier lui tendit une petite torche qu'elle alluma aussitôt. Sentant la gêne des deux hommes, elle sourit :

— Pas de souci, messieurs, tout va bien se passer.

Elle se glissa dans le trou en réalité tout juste assez profond pour lui permettre de se tenir accroupie. Le faisceau de sa torche éclaira un large espace sous la maison.

A quatre pattes, elle s'avança en essayant de suivre son odorat. Cette odeur de pourriture n'annonçait qu'une chose : la mort.

La seule question encore plausible restait : combien ?

Se fiant à son sens de l'orientation, elle s'arrêta à ce qu'elle estima être la façade qu'elle balaya de son rayon de lumière, révélant un tas de sacs de chaux agricole.

Certains étaient pleins, mais la plupart semblaient vides.

La surface de la maison permettait d'aligner de nombreux cadavres sous ses fondations.

Brennan reprit la direction de la trappe en empruntant un chemin plus sinueux, allant d'abord jusqu'au mur du fond puis se retournant. C'est alors qu'un objet brillant capta la lumière.

Même en arrivant dessus, elle n'aurait su dire de quoi il s'agissait.

Elle écarta un peu la terre et devina enfin qu'il s'agissait d'une bague ornée d'un diamant

Du bout des doigts, elle balaya davantage la terre jusqu'à se rendre compte que la bague encerclait un doigt, lui-même attaché à une main et la main à un bras.

Alors elle regagna la trappe où elle aperçut les têtes de Booth et Garland penchées vers elle.

— Il me faut des lampes, beaucoup, de quoi illuminer toute la surface. Et si vous pouviez aussi prévoir de nous amener un peu d'air frais…

Le lieutenant sourit.

— De la lumière et de l'air conditionné. Pas de problème.

Elle se tourna vers Booth :

— Appelez le Dr Wu… Non, attendez, aidez-moi à sortir d'ici. Je vais le faire moi-même.

Garland et Booth lui tendirent chacun une main. Elle les saisit toutes deux et se laissa tirer au rez-de-chaussée.

— Merci les gars !

Les deux hommes échangèrent un regard impressionné par la nonchalance qu'elle montrait devant la mort.

Booth lui tendit son téléphone mobile.

— Je viens de composer le numéro de Jane, indiqua-t-elle. Appuyez juste sur la touche verte.

Brennan hocha la tête, un peu surprise qu'il n'ait pas encore enregistré le Dr Wu dans sa liste prioritaire.

L'anthropologue du Field muséum décrocha dès la première sonnerie et Brennan lui expliqua la situation.

— Je pourrais amener un interne ou deux, proposa le Dr Wu.

— Pas la place. Ils prendront des crampes et vont s'ennuyer. On se débrouillera mieux toutes les deux toutes seules.

— Je vais en avoir pour un moment avant d'arriver.

— Il n'y a pas le feu. Les victimes ne bougeront pas. Surtout, prévoyez d'apporter tout ce qu'il vous faudra. J'ai l'impression qu'on va passer un certain temps ici.

Elle raccrocha, rendit l'appareil à Booth :

— Vous savez où on pourrait trouver un chien cadavre ?

— Un chien cadavre ?

— Un animal qui fonctionne comme les renifleurs de bombes sauf qu'il trouve des corps.

— Sais pas.

— Moi non plus, à Chicago. Tant pis, trouvez-moi un technicien armé d'un scanner de sous-sols.

Booth transmit la demande. En attendant, il partit avec Brennan à la recherche de Greene qui fumait une cigarette dans le jardin.

— Comment ça va, mon pote ? lui demanda Booth.

— La poitrine très bien, c'est la tête qui est malade depuis que mon boss m'a remonté les bretelles.

L'agent du FBI se mit à rire :

— J'ai subi à peu près la même chose, moi aussi.

Brennan s'emporta :

— On a capturé un suspect qui a tiré à vue sur le lieutenant Greene. Point barre. Depuis quand se fait-on réprimander pour ça ?

— On dirait, observa Greene amusé, que la doc ne fait pas partie de la maison.

En guise de réponse, Booth se tourna vers Brennan :

— C'est qu'on n'a pas respecté les voies légales, Bones.

— Et alors ?

— En principe, le lieutenant et moi ne travaillons même pas ensemble. Alors si, en plus, on emmène sur le terrain notre experte anthropologue officiellement détachée de Washington, au risque de la faire abattre par ce dangereux criminel ? C'est le genre de chose qui ne vaut des lauriers ni au FBI ni à la police de Chicago.

— Ecoutez, moi aussi je me tape la bureaucratie là où je travaille, comme tout le monde. Mais là, c'est absurde…

— En plus, coupa Greene, j'ai pris des initiatives et je me suis fait tirer dessus. Le patron a horreur de ça – encore de la paperasse. Et je ne vous dis pas les représentants des syndicats…

Brennan n'en revenait pas :

— Mais on l'a capturé, ce tueur !

— C'est bien la seule raison, dit Booth, pour laquelle Greene et moi-même n'avons pas été aussitôt pendus haut et court.

— Vous trouvez le moyen de plaisanter ? s'exclama-t-elle. Vous vous faites habiller pour l'hiver après avoir arrêté un suspect et ça vous fait rire ?

— Mieux vaut en rire.

Elle en conclut que, décidément, nul ne devrait jamais chercher à contredire les caprices de la bureaucratie.

Cependant, ces réactions laissaient déjà présager celles de l'avocat de Jorgensen : il allait clamer que son client avait été victime d'acharnement policier et faire annuler toutes les preuves trouvées contre lui.

Sans avoir passé beaucoup de temps dans les tribunaux, Brennan savait qu'il suffisait de tomber sur un juge mal luné pour voir réduit à néant tout le travail de la police et des experts contre un criminel.

— J'ai failli oublier, dit-elle soudain. J'ai eu un appel de Jack avant d'entrer dans le vide sanitaire.

— Jack ? demanda Greene.

— Le Dr Jack Hodgins, expliqua Booth. Un membre

de l'équipe du Dr Brennan au Jeffersonian... Une fouine.

Le jargon préféré de Booth pour désigner les consultants scientifiques comme Brennan.

— Ah! dit Greene comme s'il connaissait déjà le terme.

Booth avait le don, sans doute involontaire, de susciter la gamine en Brennan mais presque jamais pour de bonnes raisons. En ce moment, par exemple, elle avait une envie folle de lui envoyer un coup de pied dans les tibias. Ou plus haut.

— Quoi? demanda-t-il lorsqu'il capta son regard noir.

Préférant ne pas insister, elle expliqua :

— D'après Jack, notre premier squelette a été enterré dans un sol sablonneux.

— C'est bon à savoir, dit Booth. Mais ici, il n'y a sûrement pas ce genre de sol...

— Non, pas du tout.

— Vous êtes sûre, doc? demanda Greene.

— D'après ce que j'ai vu dans le vide sanitaire, le sol est plutôt argileux ici.

— Qu'est-ce que ça veut dire? demanda Booth ennuyé.

— Que notre ami, M. Jorgensen, peut fort bien avoir reconstitué ces squelettes... mais pas à partir de cadavres enterrés sous sa maison.

— Allons, doc! s'écria Greene. Je sais qu'on va trouver un paquet de macchabées là-dedans!

— Peut-être, rétorqua-t-elle, mais je répète que les squelettes que nous avons reçus ne sauraient en aucun cas provenir de macchabées, comme vous dites, trouvés ici.

Booth faisait tout ce qu'il pouvait pour impliquer encore Jorgensen :

— Et s'il les avait enterrés à un autre endroit ?

— Certes. S'il s'en prenait le plus souvent à des gens de passage, homos qui plus est… enfin le genre de personnes qui, malheureusement, peuvent disparaître de la surface de la terre sans que personne ne s'en aperçoive, eh bien… il peut avoir eu besoin de plusieurs sites pour les enterrer.

Booth se tourna vers Greene :

— Et sa première résidence ?

— Rien de spécial. On pourrait toutefois aller y voir de plus près, creuser…

— Apparemment, il devait avoir un autre terrain quelque part, coupa Booth.

— En fait n'importe où dans un sol sablonneux, lâcha Brennan. Ça peut s'étirer sur des centaines de kilomètres carrés. Inutile de spéculer. On ferait mieux de travailler sur ce qu'on a ici.

Le technicien requis se présenta, armé de son scanner ; il se mit aussitôt au travail, laissant des traces jaunes sur les emplacements supposés de corps enterrés.

Une demi-heure plus tard, le Dr Wu arrivait avec son équipement.

Elle passa une salopette à Brennan, puis un masque de papier qui couvrait la bouche et le nez, et enfin une nouvelle paire de gants de latex. Toutes deux emportèrent leur matériel dans la buanderie et s'apprêtèrent à descendre dans le vide sanitaire.

Entre-temps, les techniciens avaient installé des cordages partout, un moteur qui activait déjà le ventilateur sans doute installé au sous-sol. La trappe s'ouvrait sur une source de lumière. Il semblait que le lieutenant Garland ait tenu ses promesses.

Il apparut sur le seuil du garage :

— Tout va bien ?

Brennan lui fit signe de patienter une minute.

Elle s'allongea sur le sol pour passer la tête dans le trou du vide sanitaire.

Les lampes halogènes s'alignaient le long du périmètre, toutes pointées vers la suivante. En évitant de concentrer la lumière vers le centre, Garland épargnait l'éblouissement aux deux anthropologues chaque fois qu'elles se tourneraient vers les murs.

Deux ventilateurs tournaient lentement, remuant l'atmosphère sans toutefois créer de courants d'air.

Brennan releva la tête en souriant, leva le pouce :

— Parfait, lieutenant !

Il porta la main à la tempe pour la saluer.

— On est là pour ça, docteur. Bonne chasse ! En échange, je ne demanderai qu'une chose...

Surprise, elle haussa les sourcils.

— J'ai votre roman dans ma voiture, continua le policier. Il faudra me le dédicacer.

Sans lui laisser le temps de répondre, il s'éclipsa.

Brennan sauta dans le trou, prit les instruments apportés par le Dr Wu avant que celle-ci la rejoigne.

A quatre pattes, elles commencèrent par examiner la main qui émergeait du sol, enregistrant scrupuleusement à l'aide d'un appareil photo numérique et d'une caméra toutes les étapes de leur travail.

— Occupez-vous du cadavre de la femme, dit Brennan. Moi, je vais voir ce que cachent les autres marques.

Le Dr Wu prit une photo puis se mit à écarter lentement la terre qui recouvrait le reste du corps.

Brennan entama son inspection à l'autre bout du mur, fouillant minutieusement le sol à l'aide d'une truelle.

Ce n'était pas là un travail pour les impatients. Dans une affaire criminelle comme celle-ci, il fallait savoir extraire chaque preuve matérielle sans pour autant détruire les indices secondaires.

Beaucoup de collègues de Brennan le faisaient en écoutant de la musique classique. Ou s'exerçaient au yoga pour apprendre à respirer tout en exerçant leur métier. Brennan, quant à elle, s'appliquait surtout à ne laisser passer aucun détail.

S'il y avait des cadavres sous cette maison, ces gens devaient avoir des familles qui les aimaient, auxquelles ils manquaient, qui avaient souffert des mois, des années, des décennies sans savoir ce qu'il était advenu d'un être cher.

Brennan pouvait au moins leur donner des réponses, les aider à faire leur deuil, mais, par-dessus tout, elle pouvait aider à la capture du meurtrier qui les avait soustraits à leur affection.

C'est pourquoi elle s'appliquait à ne jamais négliger aucun détail.

Cette fois-ci, elle n'eut pas à chercher longtemps avant de sentir le bout de sa truelle toucher un élément qui n'avait rien à voir avec la terre.

Elle ralentit encore le mouvement, ne progressant plus que centimètre par centimètre, et finit par découvrir une tache de chair blanche...

... l'avant d'un tibia, de minuscules poils châtains à peine perceptibles dans la terre.

Apparemment, Jorgensen poursuivait son mortel office, malgré son âge, à en juger par les restes qu'elles avaient déjà découverts ici.

Aucun de ces corps n'était atteint de décomposition

avancée. Brennan n'en revenait pas qu'un homme de soixante-dix ans – malgré une santé de fer – ait pu tuer et enterrer au moins deux victimes supplémentaires.

Certes, ce « vieillard » avait failli, ce jour-là, envoyer *ad patres* un flic de Chicago, un agent du FBI ainsi qu'elle-même. Il dépassait de loin tout ce qu'elle savait des seniors les plus agressifs. L'unique concession qu'il semblait avoir faite à son âge consistait dans la façon d'enterrer ses victimes : elles restaient étonnamment proches de la surface.

A mesure que Brennan dégageait le corps, elle comprit pourquoi.

Il avait été inondé de chaux.

Elle se demandait d'où pouvait provenir cette légende urbaine qui voulait que de nombreux meurtriers croient ainsi accélérer le processus de décomposition, alors que c'était exactement le contraire.

La chaux avait plutôt pour effet de conserver les corps.

Au bout de huit heures de fouilles, aux alentours de minuit, les deux anthropologues avaient exhumé les deux cadavres et découvert les traces de trois autres.

Elles s'arrêtèrent jusqu'à l'aube puis revinrent poursuivre leur travail.

A la fin du jour, elles avaient dégagé les trois autres corps, ainsi qu'un sixième repéré et délogé dans la foulée. Un dernier examen au scanner confirma qu'elles n'en avaient pas laissé derrière elles.

Aucun de ces cadavres n'était réduit à l'état de squelette, ni même enterré depuis plus de deux ans et, bien qu'une certaine décomposition ait commencé, ces victimes furent envoyées directement à la morgue pour y être autopsiées.

En quittant pour la dernière fois le vide sanitaire, Brennan en était arrivée à plusieurs conclusions.

Le tueur en série William Jorgensen sévissait depuis longtemps et avait donc fait au moins six victimes au cours des deux dernières années. Il n'y avait aucun doute sur ce point.

Avec le Dr Wu, elles avaient déterré tous les cadavres cachés dans le vide sanitaire, pourtant, quelque chose ne semblait pas coller avec l'affaire des squelettes qui les avait amenés à fouiller la maison de Jorgensen.

Aucune de ces dépouillles n'était aussi vieille que les os déposés devant le FBI et le Biograph.

Où se trouvaient les autres corps ?

En outre, elle avait l'impression qu'un détail lui échappait encore, pourtant évident, et ça la travaillait comme une dent gâtée.

Sans doute les victimes de Jorgensen avaient-elles abouti dans ces tombes à fleur de sol mais la réponse au mystère des deux squelettes recomposés semblait encore profondément enterrée.

Depuis le jardin, Brennan assista, avec Booth et Greene, au chargement du dernier cadavre dans la camionnette du légiste.

Alors que le véhicule s'éloignait, le Dr Wu les rejoignit. Elle avait ôté sa salopette et se tenait devant eux, en jean et T-shirt Rolling Stones. Elle avait plus l'air d'une groupie que d'une scientifique.

— Me voilà, braves gens, annonça-t-elle. Ce fut tout à fait... unique.

Brennan lui serra chaleureusement la main :

— Merci pour votre aide.

— Merci de m'avoir donné l'occasion d'effectuer ces fouilles avec vous. Ce fut un honneur et un privilège.

— De même pour moi, assura Brennan.

Booth et Greene lui serrèrent également la main et elle s'en alla, bientôt suivie du lieutenant, tous deux projetant des ombres étirées dans le soleil couchant.

Brennan et Booth se retrouvèrent alors seuls dans le jardin. Les techniciens continuaient leur travail sur la scène du crime mais tous deux en avaient fini pour la journée.

Brennan se sentait à la fois énervée et fatiguée. Comme toujours, après des fouilles prolongées, elle n'avait qu'une envie, se retrouver seule. Certes, elle aimait bien Booth et aurait volontiers reconnu apprécier sa compagnie si on le lui avait demandé mais elle n'avait aucune envie de passer encore une heure dans sa voiture pour regagner l'hôtel.

Elle leva la tête vers lui :

— Booth, j'ai une faveur à vous demander.

— Tout ce que vous voudrez.

— Demandez qu'on vous ramène et prêtez-moi votre voiture.

— Désolé… mais non.

— Il y a deux secondes, vous promettiez tout ce que je voudrais !

— C'est pour ça que je suis désolé…

— Pour quelle raison ?

— Parce que vous ne saurez jamais retrouver votre chemin.

— C'est vous qui le dites !

— Attendez, entre l'aéroport et le Biograph, vous ne saviez même pas où se trouvait la vieille ville.

— Puisque c'est comme ça, j'appelle un taxi.

Elle tourna les talons mais il lui bloqua le passage.

— Bones ! Je vous emmènerai où vous voudrez.

— Ecoutez, je suis une adulte, j'ai un quotient intellectuel au-dessus de la moyenne et je sais lire une carte. J'ai trouvé toute seule mon chemin au milieu du Guatemala, en Bosnie et dans une dizaine d'autres pays autour du globe. Je n'ai pas besoin que vous m'emmeniez où que ce soit.

Booth recula.

— Ouf... qu'est-ce qui vous prend, tout d'un coup ?

Elle rougit.

— Excusez-moi. Mais cette journée a été tellement longue !

— Exact. C'est pour ça que je vais vous déposer à votre hôtel.

Il se dirigea vers la voiture et elle le suivit.

— Je ne veux pas aller où que ce soit, maugréa-t-elle. Je veux juste être un peu seule.

Il s'arrêta et elle fit de même. Il la dévisagea un long moment sans rien dire.

Finalement, il sortit son téléphone de sa poche, sans la quitter des yeux. Il ne faisait pas que la regarder... il la scrutait, jusqu'au plus profond d'elle-même.

Ce qui le mettait mal à l'aise.

— Woolfolk, dit-il. Je suis toujours chez Jorgensen. Je voudrais que tu me ramènes.

Il y eut une exclamation au bout du fil.

— Viens, insista Booth. Tu es mon coéquipier, oui ou non ?

Il finit par raccrocher et tendit ses clefs à Brennan.

— La carte est dans la boîte à gants, indiqua-t-il.

— Merci, murmura-t-elle. Je vous revaudrai ça.

— Mais oui ! Allez-vous-en.

Elle partit, un rien honteuse de le planter là ; mais elle avait trop besoin de se retrouver seule pour revenir en arrière.

La voix de Booth retentit derrière elle :

— Vous m'emmenez demain matin.

Elle se retourna en souriant :
— C'est un ordre ?
— Pur et dur ! Je serai à la réception à sept heures. Ne soyez pas en retard.
— Vous non plus.

La voiture démarra sans se faire prier et Brennan s'éloigna sur la route en surveillant dans son rétroviseur Booth qui la regardait.

Cela lui faisait plaisir de conduire, de se retrouver seule et libre.

Elle commença par rouler sans but, parcourant les rues, évitant l'autoroute. Elle baissa la vitre, respirant l'air frais de l'automne.

Dans ces banlieues lointaines, campagne et ville se mêlaient souvent. On pouvait traverser des bois après avoir longé d'interminables rangées de maisons, ne plus rien voir que les phares des voitures qu'on croisait.

Et puis on retombait sur d'immenses centres commerciaux, des restaurants, des stations-service, des boutiques, des marchés, des bars et des cafés.

Brennan s'efforçait de ne plus penser à rien, d'oublier les cadavres, la police, les légistes. Tout. De chasser cette tristesse qui l'étreignait quand elle songeait aux familles représentées par ces restes exsangues.

Peu à peu, d'autres pensées lui envahirent l'esprit.

Elle revoyait ses amis à Washington, elle songeait à Booth, en bien comme en mal, surtout à l'affaire sur laquelle il travaillait à Chicago avant son arrivée... la disparition de son informateur, Stewart Musetti...

Soudain, elle eut une idée.

7

La carte dans la boîte à gants permit à Temperance Brennan de gagner Oak Brook, banlieue peuplée de boutiques haut de gamme, de bureaux et d'à peu près neuf mille habitants.

Alors qu'elle contournait un luxueux centre commercial à ciel ouvert, elle trouva ce qu'elle cherchait.

Au-delà d'une usine de gâteaux se dressait une énorme bâtisse de plain-pied, aux murs en stuc blanc et au toit de tuiles orange, censé représenter les rivages ensoleillés de la Sicile.

Sur le devant un panneau indiquait son nom : SIRACUSA.

Tout d'un coup, Brennan se sentit tenaillée par la faim – comme par hasard, elle avait très envie de cuisine italienne ; elle gara sur le parking attenant la Crown Victoria de Booth.

Pour quelqu'un qui faisait régulièrement sa gym, elle eut du mal à pousser la poignée de fer forgé actionnant le lourd portail du restaurant. Pour bien faire, il y faudrait un homme, excellent moyen de rappeler les manières du Vieux Continent.

A l'intérieur, l'atmosphère confirmait cette impression, bois sombre, poutres, boxes à l'éclairage intime, sans oublier les nappes à carreaux rouges et blancs de rigueur, ni les chandeliers de verre rouge. La salle était presque pleine, occupée tant par des couples que par des familles.

Sur la gauche, dans une petite salle équipée d'un comptoir, scintillaient deux énormes écrans plasma qui passaient un match de base-ball sans paroles. Les sautes d'images conféraient à ce bar une ambiance d'aquarium.

Frank Sinatra chantait *The Best is Yet to Come*, un peu fort pour une musique de fond. La jolie hôtesse, une grande brune d'une trentaine d'années, en chemisier blanc, nœud papillon et jupe noire, se tenait derrière un étroit lutrin surbaissé, armée d'un plan de la salle et d'un journal des réservations.

Un aimable sourire plaqué aux lèvres.

— Bonsoir ! dit-elle. Je m'appelle Julia. Combien serez-vous ?

— Juste une. Coin non fumeurs s'il vous plaît.

— Vous avez réservé ?

Brennan fit non de la tête.

Julia examina son cahier et annonça :

— Il faudra patienter un peu avant qu'une table se libère. Vous pouvez attendre dans le bar. Votre nom ?

— Brennan.

L'hôtesse l'inscrivit.

— Julia, vous allez peut-être pouvoir m'aider. J'ai cru comprendre qu'une amie d'amis travaillait ici... Lisa Vitto ? Elle est là, ce soir ?

L'hôtesse ne perdit pas son sourire mais son regard se durcit.

— Une amie d'amis ? Vous ne seriez pas de la police, par hasard ?

Brennan prit un air offusqué.

— Pas du tout ! Je suis anthropologue, si c'est tellement important…

Julia ne sut que répondre ; elle jeta un coup d'œil vers le bar, revint sur Brennan.

— Lisa est barmaid ? demanda cette dernière.

Son interlocutrice haussa les épaules :

— Ce n'est pas moi qui vous l'ai dit. Je vais préparer votre table.

Comme elle disparaissait dans la salle à manger, Brennan prit la direction opposée.

Un couple occupait une petite table et trois consommateurs buvaient au comptoir et fumaient tout en suivant le match d'un œil morne.

Brennan s'installa sur un haut tabouret, le plus loin possible des fumeurs et du couple.

Au mur voisin étaient accrochées plusieurs photographies encadrées, qui représentaient à peu près toujours les deux mêmes hommes, sans doute les propriétaires, parfois ensemble, parfois seuls, serrant des mains ou recevant l'accolade de prétendues célébrités aux visages hilares, parmi lesquelles elle ne reconnut à peu près personne.

Lentement, la barmaid, une femme presque belle, s'approchait de Brennan.

Le visage en forme de cœur, deux grands yeux lourdement noircis au mascara, une large bouche vermillon, elle pouvait avoir entre vingt et quarante ans. Elle avait des mèches grises mais savoir si elle les devait à la nature ou à son coiffeur était une autre histoire.

Elle lui décocha un large sourire :

— La journée a été dure ?

— Oh oui !

— Un petit verre du vin ?

— Vous avez tout compris ! approuva Brennan en lui rendant son sourire. Du chardonnay, s'il vous plaît.

— Je l'aurais parié ! dit la femme en sortant un verre à pied.

Elle se tourna pour prendre une bouteille, ôta le bouchon, la servit jusqu'au bord.

— Voilà, chérie !

Ce mot la fit penser à Angela et lui rendit aussitôt la femme des plus sympathiques. Ce qui allait contre toute logique mais, après deux jours passés en tête à tête avec des cadavres, elle avait besoin d'un peu de chaleur.

Elle posa un billet de vingt dollars sur le comptoir mais laissa un doigt dessus jusqu'à ce que la barmaid le prenne.

— Je vous apporte la monnaie.

— Pas la peine.

— Qu'est-ce qu'elle veut, la petite dame ?

— Lisa Vitto... ce n'est pas vous ?

Les yeux de la femme parcoururent tout le bar avant de revenir sur Brennan.

— Ecoutez, murmura-t-elle, votre billet ne vaut pas les tracas qu'il pourrait me coûter. Alors, vous allez prendre votre monnaie.

— Comme vous voulez.

En lui tendant ses pièces, la barmaid ajouta :

— On m'envoie des femmes flics, maintenant ? Quelle idée de venir jusque dans ce restaurant !

— Je ne suis pas flic. J'ai faim, c'est tout, et soif. Je m'appelle Temperance Brennan. Je suis anthropologue médico-légale.

— Faut bien que tout le monde vive.

— Je suis une scientifique. J'étudie les os. Je travaille dans un musée, à Washington. Il m'arrive parfois d'aider les autorités...

La femme alla s'occuper de ses autres clients puis, comme si elle avait réfléchi à la question, revint vers Brennan en essuyant son comptoir.

— Alors comme ça, marmonna-t-elle d'une voix rauque, vous étudiez quelquefois les os pour le FBI.

Brennan but un peu de vin.

— Ça m'arrive.

— Vous voulez m'interroger sur Stewart.

Ce n'était pas une question.

Et « Stewart » était son fiancé, Stewart Musetti, le témoin disparu de Booth.

— Oui, Lisa, j'aimerais bien.

Comme elle secouait la tête, ses boucles laquées tentèrent de tressauter un peu.

— Ecoutez, madame Brennan... Dieu sait que j'aimerais vous aider à retrouver Stewart. Mais j'ai dit au FBI tout ce que je savais.

— Vous êtes sûre ?

Lisa Vitto fit oui de la tête.

— Et vous, ajouta-t-elle, vous savez où vous êtes ? A qui appartient ce restaurant ?

Aux Gianelli.

Brennan se garda de répondre à cette question et changea de sujet :

— Vous l'aimez ?

Des larmes apparurent dans les yeux de la barmaid, qu'elle essuya avec une serviette en papier ; son lourd maquillage n'en fut pas affecté.

— Oui, avoua-t-elle. Mais vous en parlez comme s'il était vivant.

— Ce n'est pas impossible.

— Dieu vous entende !

— Lisa, est-ce que vous avez dit aux gens du FBI que vous aimiez Stewart ?

— Non.

— Il y a encore beaucoup de choses que vous ne leur ayez pas dites ?

Le regard de la barmaid se durcit.

— Est-ce que je sais, moi ? Il doit y avoir des trucs qu'ils ne m'ont pas demandé. Mais... je vois pas quoi, juré !

— Vous avez une idée de l'endroit où il pourrait se trouver ?

Lisa regarda de nouveau autour d'elle.

— Ecoutez, j'ai deux ou trois idées là-dessus, mais sans rapport avec lui.

— Je ne vous suis pas.

— Ce serait plutôt où son corps se trouverait.

— Ah ! Et si vous m'en disiez un peu plus ?

— J'ai l'impression qu'ils l'ont emmené faire un tour sur le Dunes Express.

— Connais pas.

— Vaut mieux pas, ma petite dame. Ils l'ont tué et enterré profond.

— Ils ? Vous voulez dire le père et le fils, propriétaires de ce restau ?

Lisa se contenta de la regarder.

— Vous croyez qu'ils sont derrière la mort de l'homme que vous aimez et pourtant vous travaillez toujours ici !

— Stewart s'est dressé contre eux et regardez ce qui lui est arrivé. Il était courageux, pas moi. En restant ici, je leur montre que je suis de leur côté.

— Contre Stewart alors ?

— Hé oui ! Parce que lui, quand on pense à ce qui

lui est arrivé... étalé là-bas ; il ne risque plus de se dresser contre beaucoup de gens, maintenant.

Si je trouve où il est enterré, songea Brennan, *il pourrait...*

— Merci, Lisa.

Elle lui tendit une carte de visite où elle mentionna l'adresse et le téléphone de son hôtel.

— Si quelque chose d'autre vous revient, n'hésitez pas à m'appeler.

— En tout cas, ça ne sera pas d'ici !

Cependant, la barmaid prit la carte qu'elle glissa dans sa manche puis s'éloigna sans autre commentaire.

Brennan se retourna et tomba nez à nez avec un homme qui se tenait derrière elle.

— Oh ! Vous m'avez fait peur.

— C'était sans le vouloir, répondit-il d'une belle voix grave. Excusez-moi.

Grand, les cheveux noirs légèrement redressés vers l'avant, il portait un superbe costume sombre sur une chemise blanche, une cravate aux motifs géométriques, des mocassins italiens de luxe et il arborait un sourire qui devait faire tomber certaines femmes en pâmoison, mais que Brennan qualifierait d'obséquieux.

— Etes-vous Mme Brennan ?

Il s'exprimait d'un ton velouté comme un grand vin mais frelaté comme une bouteille à capsule.

— Oui, répondit-elle.

— Votre table est prête.

Il se retourna pour l'y conduire mais s'arrêta soudain, se retourna :

— Vous ne seriez pas Temperance Brennan, l'anthropologue, par hasard ? L'écrivain aussi ?

— En fait, je suis Temperance Brennan, l'anthropologue. Et il m'est arrivé d'écrire.

— Vous êtes trop modeste ! Un best-seller !

Il tendit une paume qu'elle n'eut d'autre choix que de serrer.

— Vincent Gianelli, se présenta-t-il. Copropriétaire de cet établissement.

Elle s'en doutait. Cependant, elle s'efforça de ne pas montrer à quel point elle mourait d'envie de le lâcher.

— Ravie de faire votre connaissance, dit-elle. Je suis venue ici en tant que consultante et j'ai lu dans un guide touristique que le Siracusa était le meilleur restaurant italien des environs.

Enfin, la poignée de main prit fin. Elle eut presque envie de compter ses doigts.

— J'aime à nous considérer comme le meilleur restaurant de Chicago, dit-il avec son large sourire. Savez-vous que je suis un de vos fans ? J'ai beaucoup aimé votre livre. Vous êtes mon invitée, bien sûr.

— Oh, ce n'est pas la peine !

Il l'interrompit d'un geste :

— Vous ne pourrez me rembourser que d'une façon...

Il se tourna vers la barmaid :

— Lisa ! L'appareil photo !

— Oh... non...

— Allons, pas de fausse modestie !

Brennan frémit intérieurement quand il la reprit par la main.

— Nous sommes très fiers de notre galerie de portraits.

— J'ai vu qu'il y avait beaucoup de personnes célèbres...

— Nous recevons toutes sortes de vedettes ici. Mon père a même connu Frank Sinatra et Dean Martin.

Même elle savait de qui il s'agissait...

Alors qu'il lui débitait des dizaines d'autres noms totalement inconnus, elle repérait soudain une photo dans un coin obscur.

On y voyait un homme entre deux âges, serrant la main d'un Vincent Gianelli tout jeune.

Là, elle reconnut John Wayne Gacy.

L'un des tueurs en série les plus célèbres d'Amérique, avec son sourire de fou, lui qui aimait tellement se déguiser en clown.

— Madame Brennan… ça va bien ?

— C'est… c'est vous qui serrez la main de John Wayne Gacy, non ?

Il fit la grimace.

— Oui, je sais, ce n'est pas du meilleur goût. Mon père me le répète sans arrêt – il a ôté plusieurs fois cette photo mais je la remets chaque fois et je… C'est presque devenu une plaisanterie entre nous.

Tordant…

— Vous voyez ce type ? continuait Gianelli. C'est un monsieur très respectable. Cette photo a été prise quand il présidait la Chambre de Commerce ou quelque chose comme ça… Vous savez, Nancy Reagan, ou la femme de Jimmy Carter ont fait la même chose.

— Alors, ce n'est là que pour faire parler les bavards ?

Le large sourire jaillit de nouveau :

— Vous voyez ? Ça marche.

Puis il désigna un autre portrait le représentant en tenue plus décontractée, auprès d'un grand chien fauve.

— Celle-là, c'est ma préférée. C'est avec Luca, mon mâtin de Naples.

Brennan hocha la tête. Comment s'en prendre à un présumé tueur qui aimait les animaux ?

Ce n'était pas cela qui l'arrêterait.

Lisa se matérialisa derrière eux :

— Voilà, j'ai l'appareil photo.

Brennan se retourna tandis que Gianelli lui passait un bras sur l'épaule et lui serrait la main.

Elle se figea et Lisa prit le cliché.

— Merci ! lança Gianelli après l'éclat des deux flashes. J'ai adoré votre livre, vraiment !

— Contente que ça vous plaise.

— Oh ! J'aime beaucoup la littérature policière. J'ai dévoré *Le Silence des agneaux*. Venez, que je vous montre votre table.

Elle le suivit mais soudain il s'arrêta net pour préciser :

— Surtout les histoires de tueurs en série.

— J'imagine, marmonna Brennan l'air faussement aimable.

Vincent lui décocha de nouveau son sourire charmeur puis lui présenta une petite table ronde près de la fenêtre donnant sur le parking. Il tira une chaise et elle s'assit.

Pourtant, il ne s'en alla pas – il traînait, une main appuyée sur le dossier de la chaise voisine, comme s'il espérait qu'elle l'invite à se joindre à elle.

— Alors, dit-il, je suppose que vous avez entendu ces rumeurs imbéciles sur ma famille.

— Quelles rumeurs ?

— Vous savez, les stéréotypes habituels – comme si tous les Italiens de Chicago étaient Al Capone.

Autant aller dans son sens :

— Je me suis laissé dire que le crime organisé, dans cette ville, était aux mains d'anciens voyous qui avaient pris de la bouteille.

Elle répétait presque mot à mot une citation du *Chicago Tribune* qu'elle avait lu la veille.

Mais Vincent la prit pour argent comptant.

— Exactement ! Vous voulez que je vous dise ? Personne dans ma famille... personne... n'a jamais fait un jour de prison, ou n'a été condamné.

— Eh bien... Il n'y en a pas beaucoup qui peuvent dire la même chose !

— Voilà ! Quelle est la raison de votre passage, à Chicago ? Vous êtes venue pour le FBI ou pour votre prochain bouquin ?

Elle s'arracha un autre sourire qu'elle-même sentit pincé.

— Vous avez été tellement aimable avec moi, je ne voudrais pas me montrer impolie... mais, franchement, je préférerais ne pas en parler.

— Ce n'est pas grave... Les affaires avant tout. Je comprends. Les fédéraux détestent les fuites.

— Merci de ne pas insister.

— Pas de souci.

Pourtant, il se pencha en avant :

— Mais, dites-moi, c'est à propos de ce tueur en série ? Les ossements au Biograph ?

Elle parvint de justesse à ne pas écarquiller les yeux.

Elle croyait que personne, hors du cercle Booth/Brennan n'était au courant de l'affaire ; d'un autre côté, du moment que la police de Chicago y avait fourré son nez, elle aurait dû se douter que le secret serait vite éventé. Trop de gens avaient été mis au courant.

Au moins pas les médias pour le moment.

Mais Vincent Gianelli oui.

— Je ne vous demande pas de répondre, ajouta

celui-ci. Je me posais juste la question, parce qu'avec votre spécialité… vous ne pouvez qu'être de la partie.

Un serveur approcha, de type hispanique, lui aussi vêtu de blanc et de noir.

— Voici Hector, dit Vincent. C'est le meilleur. Il va s'occuper de vous.

Le jeune homme sourit et déposa sur la table le verre de vin que Brennan avait laissé au bar. Il avait été rempli.

Malgré toute cette hospitalité, elle ne se sentait pas le cœur de prier Vincent de se joindre à elle. Elle doutait de ses capacités à l'interroger en douce sur Musetti. Ce serait se jeter dans la gueule du loup.

D'ailleurs, il prenait enfin congé :

— J'adore vraiment votre style. Il est si proche de la vraie vie ! Si vous aviez besoin de quoi que ce soit pendant votre séjour ici, n'hésitez pas.

— Merci beaucoup, monsieur Gianelli.

— Vincent. Je vous en prie ! Appelez-moi Vincent.

— Merci, Vincent.

— De rien, Temperance.

Il tourna les talons et s'éloigna, apparemment enchanté.

Quant à Brennan, elle n'aurait su dire s'il était sincère ou s'il avait simplement cherché à lui tirer les vers du nez. Il semblait au courant de tout ce qui se passait en ville, même si les journaux n'en disaient rien ; il devait donc fort bien savoir qu'elle travaillait avec Booth.

D'un autre côté, elle ne participait pas à l'enquête sur l'affaire Gianelli/Musetti, alors que représentait-elle pour lui ?

Hector lui tendit un menu.

— Je vous laisse le temps de choisir, dit-il avant de disparaître.

Lorsqu'il revint, Brennan commanda puis but son vin à petites gorgées en attendant d'être servie. Elle mangea vite, se régala – gangsters ou pas, les Gianelli savaient tenir un restaurant.

Alors que le serveur lui versait un deuxième café, elle demanda l'addition.

— C'est la maison qui régale, dit Hector.

— Mais je ne pourrais jamais…

— M. Gianelli a dit que vous diriez ça et m'a prié de vous expliquer qu'il en était toujours ainsi pour les personnalités qui posaient pour sa galerie de portraits.

— Et il a dit que j'insisterais pour payer quoi que vous racontiez ?

— Oui, assura Hector avec un demi-sourire. Presque mot pour mot.

— Alors allez me chercher M. Gianelli.

— Je ne peux pas, madame. Il est déjà parti.

Néanmoins, elle laissa deux billets sur la table. Même s'ils ne devaient servir que de super pourboire à Hector, elle ne pouvait se permettre de se laisser inviter par des gens comme les Gianelli.

Dans la voiture, elle prit le temps de lire la carte à la lumière du plafonnier avant de démarrer. Cela lui permit aussi de se calmer.

Alors qu'elle enfilait la clef de contact, elle repensait à tout ce qu'elle savait sur la mafia, la Cosa Nostra ; elle avait lu beaucoup de choses dessus. Et elle avait aussi vu *Le Parrain*, l'un des rares films pour lesquels elle se soit jamais déplacée.

En repensant à la scène où la femme italienne de Michael explosait en tournant le contact dans sa voiture, elle se figea.

Puis elle sourit intérieurement.

— Quelle idiote ! dit-elle à haute voix.

D'autant qu'elle ne travaillait pas sur une affaire mafieuse. Ça, c'était le domaine de Booth.

Elle avait juste voulu l'aider un peu en venant voir la fiancée de Musetti (encore qu'il risquait de ne pas apprécier cette initiative). Ce qui ne l'avait d'ailleurs menée à rien.

Elle tourna la clef et la Crown Vic gronda tandis que Brennan reprenait à haute voix :

— Là, on n'a pas sauté sur une bombe !

Elle sortit du parking, contourna le pâté de maisons et reprit l'autoroute en sens inverse.

La nuit était sombre mais sans nuage, constellée d'étoiles, illuminée par une brillante demi-lune. Tout en respectant la limite de vitesse, elle roula lentement, goûtant seulement cette impression de solitude et de liberté.

Bien qu'elle travaille en étroite collaboration avec son équipe au Jeffersonian, Brennan avait toujours été une solitaire ; or, ces derniers jours, elle avait été constamment entourée de gens.

Alors ça faisait du bien de se retrouver un peu en tête à tête avec elle-même.

De temps à autre, une voiture la dépassait mais, à cette heure de la nuit, la circulation était fluide. Lorsque le 4×4 blanc se cala derrière elle, Brennan le remarqua tout de suite sans y prêter grande attention. Elle supposait qu'il n'allait pas tarder à la doubler.

Pourtant il n'en fit rien.

A la longue elle s'inquiéta et cherchait son mobile pour appeler Booth lorsque le 4×4 se décida enfin à passer sur sa gauche.

Elle poussa un soupir de soulagement.

La situation commençait à lui porter sur les nerfs.

Deux journées passées à déterrer les restes vieux de

dix ans des victimes d'un tueur en série, pour ensuite se « détendre » en compagnie d'un gangster doucereux dans son propre restaurant... enfin... Comment s'étonner qu'elle soit épuisée, physiquement autant que mentalement ?

Elle avait besoin d'une bonne nuit de sommeil mais il ne s'agissait pas de s'endormir au volant.

Le reste du trajet s'accomplit sans autre difficulté et elle rangea la voiture dans le garage de l'hôtel, heureuse de pouvoir enfin se reposer un peu. Elle avait retrouvé son chemin toute seule, n'en déplaise à Booth, et ne songeait plus maintenant qu'à prendre une bonne douche avant de filer au lit.

En gagnant l'ascenseur, son sac en bandoulière, elle passa devant plusieurs rangées de voitures jusqu'au moment où elle remarqua un 4×4 blanc.

Elle s'arrêta net, luttant contre l'envie d'aller coller les yeux à ses vitres.

Il lui rappelait trop celui qui l'avait suivie sur la route. Pourtant, des 4×4 blancs, il en existait beaucoup.

Elle passait derrière le véhicule lorsque la portière arrière s'ouvrit.

Instinctivement, Brennan se protégea le visage du bras juste à temps pour ne pas être assommée mais prit la portière de plein fouet sur le coude, ce qui la déséquilibra ; elle en laissa tomber son sac qui atterrit sous une voiture derrière elle.

Trois silhouettes aux masques noirs sortirent du véhicule et se jetèrent sur elle.

Elle se défendit comme elle put, d'un coup de pied dans la poitrine de l'un, mais les deux autres ne lui laissèrent aucune chance.

Le premier la frappa non loin du rein.

Le souffle coupé, elle se jeta en avant pour essayer

d'échapper à leur emprise mais reçut un choc dans la tête qui fit retentir cloches et sirènes à travers son cerveau.

Sa vision s'obscurcit lorsqu'un poing l'atteignit à l'estomac. Les trois hommes s'acharnaient ensemble sur elle ; il ne lui restait qu'à offrir le moins de prise possible en se recroquevillant sur elle-même.

Elle allait perdre conscience quand une dernière pensée lui vint : si elle ne réagissait pas…

… elle allait mourir.

Avec l'énergie du désespoir, elle balança une jambe en moulinet, parvenant à déséquilibrer l'un de ses agresseurs.

Comme il tombait durement sur le ciment, les deux autres marquèrent une hésitation.

Exactement l'occasion dont elle avait besoin.

Un coup de coude dans un bas-ventre arracha des hurlements au deuxième larron. Cependant, le troisième la prenait par les cheveux et s'apprêtait à lui fracasser le crâne contre le sol lorsqu'elle lui percuta le nez du tranchant de la main.

Le type la lâcha et recula en gargouillant de douleur.

Elle avait mal partout mais parvint quand même à se remettre sur pied.

En même temps, ses assaillants s'étaient également repris.

L'un sortit un automatique et, comme les deux autres sautaient dans le 4×4, il visa Brennan.

Elle plongea derrière une voiture dont elle vit les vitres exploser sous les balles qui giclèrent autour d'elle, ricochant sur la carrosserie, lui envoyant des éclats de ciment dans les jambes.

Elle regarda sous la voiture pour vérifier si son

agresseur ne venait pas vers elle mais n'y trouva que son sac qu'elle attrapa et ouvrit en hâte.

Tout cela pour récupérer un petit lecteur de cassettes qui tournait.

Comme le moteur du 4×4 se mettait en route, elle releva la tête. Le véhicule partit en marche arrière et le troisième larron eut tout juste le temps de sauter à bord avant que le conducteur repasse la vitesse et appuie à fond sur l'accélérateur.

Brennan balança le mini-lecteur dans sa direction et l'entendit s'écraser contre la lunette arrière.

Et puis ce fut le silence. Elle restait seule dans le garage, les jambes flageolantes, luttant pour ne pas vomir son délicieux dîner italien. Elle sortit son mobile et composa le numéro express de Booth avant de s'effondrer sur le sol de béton.

Dans le lointain s'élevèrent des sirènes et elle se dit machinalement que les coups de feu avaient dû pousser quelqu'un à appeler la police.

— Booth, annonça la voix dans le téléphone.
— Ils m'ont sauté dessus, parvint-elle à articuler.
— Quoi ? Qui ? Temperance ?... Ça va ?

Elle n'eut pas la force de répondre.

— Où êtes-vous ? Temperance !
— Hôtel... sous-sol...

Et ce fut le trou noir.

Brennan n'avait aucune envie de soulever les paupières.

Si sa tête lui faisait tellement mal les yeux fermés, qu'est-ce que ce serait quand elle les ouvrirait ?

Elle ne tenait pas à le savoir.

Elle restait là, occupée par l'inventaire des organes qui la faisaient souffrir et de ceux qui se tenaient tranquilles.

La liste des « tranquilles » lui prit beaucoup moins de temps : les doigts de pieds, une oreille et à peine cinq centimètres carrés de peau entre les deux.

L'incident du garage de l'hôtel repassait dans sa tête comme un film en accéléré ; elle savait qu'elle devrait ouvrir les yeux pour voir qui se tenait auprès d'elle – ami ou ennemi... ?

Elle se risqua un quart de seconde à cligner des paupières et, à sa grande surprise, son mal de tête disparut.

Presque.

Tournant la tête sur la droite, elle aperçut un moniteur cardiaque. Les diagrammes semblaient normaux.

Toujours ça de pris.

La douleur lui battit de nouveau les tempes et elle dut refermer les yeux un long moment avant que les battements ne s'apaisent.

Quand elle se risqua à regarder de nouveau, l'amélioration subsista. Elle reprit son inspection visuelle, contente de se trouver dans un hôpital, ce qui signifiait qu'elle était en sécurité.

Elle aperçut une grande fenêtre aux stores baissés.

Plus près, elle vit une aiguille enfoncée dans son bras droit, reliée par un tuyau à deux sacs de plastique transparent accrochés à un mât en acier. L'un contenait une solution de sérum physiologique, l'autre un analgésique.

Génial !

Si elle souffrait tant sous perfusion, qu'est-ce que ce serait quand elle passerait au sevrage ?

Il lui fallut produire un effort considérable pour tourner la tête vers la gauche et découvrir un téléviseur accroché contre le mur au pied de son lit. Elle vit également un placard et, dans l'angle du fond, avachi sur un fauteuil inconfortable, Seeley Booth qui ronflait comme un bienheureux, sous une couverture d'hôpital épaisse comme un papier à cigarette.

L'espace d'un instant, Brennan n'eut plus mal du tout.

Une voix provenant de la porte lança :

— On dirait que nous voici de retour parmi les vivants !

Brennan se tourna vers une jeune femme en pantalon blanc et blouse à fleurs.

— Je suis votre infirmière, Betty Oakley.

Comme la femme s'approchait pour lui prendre son pouls, Brennan vit Booth qui s'étirait.

— Comment nous sentons-nous ? demanda l'infirmière.

— Comme si nous venions de nous faire attaquer par trois balèzes, marmonna Brennan.

— Vous m'étonnez ! En tout cas, le pouls est normal, ainsi que le sens de l'humour... Je vais dire au Dr Keller que vous êtes réveillée. Il va venir vous voir.

Elle sourit et s'éclipsa.

Booth se frottait les yeux.

— Il y a longtemps que suis dans les vapes ? demanda Brennan.

Booth consulta sa montre.

— Dans les vingt-quatre heures.

— J'ai soif.

Il se leva et se dirigea vers la petite table de nuit, prit un gobelet avec son couvercle, d'où sortait une paille. Il le lui présenta et elle se délecta de quelques gorgées d'eau fraîche.

— Vous me racontez ce qui vous est arrivé ? demanda-t-il.

Ce qu'elle fit, sans omettre aucun détail.

— Ils étaient trois, ces bâtards ? demanda-t-il incrédule.

— Bâtard ? C'est comme ça qu'on désigne un agresseur au FBI ?

— Pourquoi ? Comment dit-on chez les anthropologues ?

— Bâtard.

— Vous pourriez me les décrire ?

Elle se prit à regretter d'avoir hoché la tête.

— Trois hommes vêtus de noir, avec des cagoules noires. Taille moyenne, l'un d'entre eux peut-être plus costaud que les deux autres, mais… enfin, vous voyez.

Elle s'en voulait de ne pouvoir, malgré sa spécialisation, fournir une meilleure description de ses agresseurs.

Ces salauds lui étaient tombés dessus si brutalement qu'elle n'avait songé qu'à son salut.

— Et le 4×4 ? interrogeait Booth.

Elle fouilla sa mémoire ensommeillée.

— Blanc.

— Vous n'avez pas repéré la marque ou le modèle ?

— Non, désolée. General Motors, peut-être ?

— La plaque minéralogique ?

— Non.

— Des collants sur les pare-chocs ?

— Rien, mais je leur ai envoyé mon lecteur de cassettes dans la lunette arrière.

— Votre quoi ?

— Ce qui m'est tombé sous la main… vous savez ce machin pour enregistrer mes observations, et tout…

— On n'en a trouvé aucun sur la scène…

— C'est que quelqu'un l'aura récupéré, un passant... et mon sac, au fait ?

— Désolé, il n'y était pas non plus.

— Zut !

— N'importe qui peut l'avoir récupéré. Il s'est écoulé cinq bonnes minutes entre votre appel et l'arrivée des flics.

Son sac, son argent (le peu qu'elle gardait en liquide), ses cartes de crédit, tous ses papiers... plus rien !

— Mon mobile ?

Hochant la tête, il le sortit de sa poche.

— Il vous reste au moins ça, indiqua-t-il. Vous l'aviez dans la main.

— Et les vidéos de surveillance ?

— Ouais, pas grand-chose... un 4×4 blanc, à peine visible sur l'image. On ne risque pas d'en déchiffrer la plaque.

Découragée, elle ne dit plus rien.

— Racontez-moi, reprit Booth, où vous êtes allée quand on s'est quittés.

— Promettez-moi que vous n'allez pas vous mettre en pétard.

— Promis.

Elle commença...

— Le Siracusa ? s'emporta-t-il.

— Il fallait bien que je mange.

— Et vous...

— Je voulais vous donner un coup de main.

— Je vous ai demandé quelque chose ?

— Non, mais vous avez dit qu'aucun agent féminin n'avait rencontré Lisa Vitto, alors j'ai voulu essayer.

— Avec votre expérience des interrogatoires ?

— Oui... désolée...

— Elle vous a appris quelque chose qu'elle ne m'avait pas dit ?

— Juste qu'elle aimait Stewart Musetti.

— Ça sautait aux yeux.

— J'ai dit « aimait », au passé. Elle est persuadée qu'il est mort.

Booth ne dit rien.

Brennan réfléchit un instant avant de reprendre :

— C'est vous qui prétendez que je ne sors pas assez sur le terrain, non ? Vous vous fichez sans arrêt de moi, soi-disant parce que je ne me tiendrais pas au courant des évolutions de la société…

— Parfaitement.

— Eh bien, Lisa a laissé entendre qu'ils (je suppose qu'elle parlait des Gianelli) auraient mis son homme sur le « Dunes Express ».

— Sur le quoi ?

— Vous vous moquez de moi, là ?

— Non. Je n'ai aucune idée de ce que ça signifie.

Elle soupira et s'étonna de ce que ça ne lui faisait pas mal. L'intraveineuse devait enfin fonctionner.

— Bon, souffla-t-elle, au moins, cette fois, je ne serai pas la seule.

— En tout cas, ça restreint la liste des suspects qui auraient pu vous attaquer.

— Pourquoi ?

— Ce devaient être les Gianelli. Leur équipe. Après tout, Vincent vous a vue parler à Lisa.

— Mais vous aussi, vous lui avez parlé. Il ne vous a pas sauté dessus pour autant.

— En général, ils ne s'attaquent pas de front au FBI ou aux flics. Tandis que vous, vous êtes une civile, dans votre genre.

— Alors pourquoi s'est-il donné la peine de me faire

tous ces ronds de jambe, si c'était pour ensuite m'envoyer ses sbires ?

— Peut-être qu'il vous occupait pour leur laisser le temps de préparer le 4×4.

— Vous ne croyez pas qu'il s'agit d'une simple agression ?

— Ça m'étonnerait.

— On connaît les associés de Jorgensen ?

— Vous voulez rire ! s'exclama Booth. Les tueurs en série d'un certain âge n'ont pas besoin de gros bras pour les aider.

— Pourtant il s'attaque à des proies beaucoup plus jeunes que lui, les enterre... Il peut avoir eu besoin d'aide.

— Il a bien failli nous avoir tous les trois !

— Enfin... qui pourrait me considérer comme une menace ? Gianelli, alors que je ne travaille pas sur son dossier ? Ou Jorgensen, dont j'ai fouillé la cave ces deux derniers jours ?

Il ne paraissait pourtant pas convaincu.

— On a vu des tueurs en série travailler à deux... mais à quatre ?

Entra un grand jeune homme efflanqué, en blouse de labo, armé d'une feuille de température. Il avait les cheveux noirs et raides, portait des lunettes.

— Comment nous sentons-nous aujourd'hui, docteur Brennan ? lança-t-il aimablement.

Il avait plutôt l'air d'un collégien que d'un médecin.

— Mal fichue, maugréa-t-elle, mais assez lucide pour exécrer cette façon que vous avez tous de me parler à la première personne du pluriel.

— Excusez-moi. Je suis le Dr Keller.

— Quel âge avez-vous ? demanda Booth. Douze ans ?

— Vingt-sept. Si ça vous intéresse.

— N'y voyez aucune provocation de sa part, intervint Brennan. Il perd tous ses moyens devant les intellos.

— Je ne vois pas ce que mon métier a d'intello. Bien, venons-en à ce rapport : commotion cérébrale, deux côtes cassées, cheville lacérée, bleus et plaies divers. Vous allez vous en tirer mais je vous garde quelques jours en observation.

Le téléphone de Booth vibra.

Ce qui parut fâcher le Dr Keller :

— Les visiteurs sont priés d'éteindre leurs téléphones cellulaires. Vous…

Avec un geste impatient, l'agent du FBI sortit dans le couloir et ferma la porte derrière lui.

Le médecin examina rapidement sa patiente. Il avait à peine terminé que Booth rentrait.

— Il faut que j'y aille, Bones.

— Sûrement pas sans moi !

Il sourit :

— Je vois que ça va beaucoup mieux. Mais l'affaire prend une tournure inattendue.

— Pas possible !

— Si. Nous tenons Jorgensen, pourtant, on vient de trouver un autre squelette. J'y vais.

Brennan s'assit, l'air décidé :

— Attendez : on y va, tous les deux…

— Docteur Brennan… intervint le Dr Keller.

Elle ne le regarda même pas.

— Mes vêtements ? demanda-t-elle à Booth.

— Dans le placard. Seulement je peux m'en charger. Vous avez besoin de…

— Il y a un autre squelette et je suis venue à Chicago pour ça.

— Bien sûr, mais…

— Je dois insister… reprit le Dr Keller.

Elle se contenta de lui montrer la perfusion :

— Pourriez-vous m'enlever ceci, je vous prie ?

— Je ne peux pas. Vous avez été sérieusement secouée…

Elle arracha l'aiguille et, comme le sang jaillissait, elle se servit du drap pour faire compresse.

— Docteur Brennan ! s'exclama le médecin atterré.

— Vous avez trois possibilités maintenant : A, vous essayez de m'arrêter et je vous casse la figure.

— Je vous signale qu'elle en est capable, précisa Booth.

— B, vous appelez la sécurité mais le temps qu'ils arrivent, je serai loin. C, vous me faites un bandage et m'aidez à sortir dignement.

— Je crains que…

Booth posa une main sur l'épaule du jeune médecin :

— Doc, vous connaissez le mythe de Sisyphe ?

— Euh… oui. C'était un roi corinthien si cruel que, lorsqu'il s'est présenté devant Hadès, le dieu de la mort l'a condamné à pousser un rocher au sommet d'une montagne mais, arrivé au sommet, il lâchait toujours prise et devait recommencer, éternellement.

— Voilà ! Alors si je vous explique qu'en vous attaquant à Brennan, vous ne valez pas mieux que Sisyphe avec son rocher, vous voyez ce que je veux dire ?

Là-dessus, il adressa un clin d'œil à Brennan bouche bée :

— Il n'y a pas que vous qui ayez fait des études, ma chère !

— Compris ! approuva-t-elle en souriant.

Le Dr Keller rassembla quelques bandages et

les appliqua sur la blessure que venait de s'infliger Brennan.

Cependant, celle-ci se servait de sa main libre pour attraper son téléphone et appeler Angela.

— On en est où, chérie ? s'exclama cette dernière.

Brennan expliqua laconiquement ce qui lui était arrivé.

— Mon Dieu ! s'exclama son amie affolée. Ça va bien ?

— Tu me demandes toujours ça.

— C'est normal, non ?

— Ecoute, je voudrais que tu fasses un saut à mon appartement.

— Pour quoi faire ?

— Il n'y a que toi qui saches où je range mes dossiers et puisses annuler mes cartes de crédit.

Le ton d'Angela devenait de plus en plus sérieux :

— Ah bon ! Parce que dans ton sac… D'accord, je vais m'en occuper tout de suite.

— Merci.

Brennan raccrocha.

Moins d'une demi-heure plus tard, elle gagnait avec l'agent du FBI les lieux où l'on avait découvert le dernier squelette.

8

En voyant Brennan, perdue dans la contemplation du paysage par la vitre passager, Seeley Booth se prenait à regretter de ne pas avoir assez appuyé le médecin pour qu'il la garde davantage à l'hôpital.

Il lui trouvait le teint blafard, l'air éteint; d'ailleurs elle avait le front moite de transpiration.

— Ça va? s'enquit-il.

Elle lui décocha un petit sourire fatigué.

— Oui. Où a-t-on découvert ce dernier squelette?

— Dans la réserve de Spring Lake Forest. Sur la voie express 62.

— Qui se trouve où?

— Dans la banlieue nord, vers Barrington Hills.

Depuis l'hôpital du centre-ville d'où ils étaient partis, cela faisait une longue trotte sur l'I-90.

L'agent du FBI roulait vite mais n'utilisait pas son gyro pour se frayer un chemin à travers les trois files de l'autoroute.

En temps normal, Brennan l'aurait assommé de questions; cette fois, cependant il préférait la laisser reprendre ses esprits.

Chaque chose en son temps.

Ils roulaient à présent sur une route à deux voies, au milieu de bois et de champs, doublant parfois des fermes rouges sous les feuillages où perçait le soleil. Booth avait l'impression de rouler dans un tunnel. Il ôta ses lunettes noires… ce qui n'y changea pas grand-chose d'autant que les frondaisons allaient s'épaississant.

— Qui l'a trouvé ? demanda Brennan.

— Des auto-stoppeurs. Ils ont appelé la police avec leur mobile.

— Comment en avez-vous été informé ?

— Après l'histoire de Jorgensen, les flics nous avertissent dès qu'ils découvrent ne serait-ce qu'un Milk Bone.

— Un quoi ?

— Ce sont des biscuits pour chien. Vous avez la télé ?

— Oui.

Elle avait répondu d'un ton morne, décidément pas assez dans son assiette pour l'envoyer promener.

Il entreprit de la dérider… doucement :

— Ça vous arrive de l'allumer ?

Elle hésita.

— C'est bien ce que je pensais, conclut-il.

— Non… je réfléchissais. Je regarde les chaînes documentaires, d'histoire, de technologie, enfin des tas de trucs. Simplement, je n'aime pas les idioties.

— J'avais cru comprendre.

Néanmoins, il était soulagé de la voir réagir.

Le silence retomba sur l'habitacle. Brennan luttait encore contre l'effet des antalgiques, la tête appuyée à la vitre.

Il la laissa se reposer.

Peu après, Booth pénétrait dans le parking de la réserve de Spring Lake Forest.

Un shérif adjoint se tenait à l'entrée pour écarter les curieux ; bien que le soleil ne soit pas encore couché, il brandissait une torche électrique. Booth s'arrêta, baissa sa vitre et lui montra la plaque.

— Agent spécial Booth ; je suis accompagné du Dr Brennan, notre anthropologue.

L'homme lui désigna divers véhicules garés sur la gauche.

— Mettez-vous par là. Après ça, il n'y a plus de route, vous devrez marcher.

— Entendu. Où est notre squelette ?

— Je vais vous envoyer un guide.

Il appuya une touche sur l'équipement radio qu'il portait à l'épaule.

— Bobby ?

Il attendit.

Enfin, une voix répondit :

— Oui ?

— C'est Carl, tu peux venir ? On a un agent du FBI et une scientifique qui doivent accéder au cimetière.

— J'arrive.

Booth remercia Carl d'un signe de la tête et alla garer sa Crown Vic.

Il fit ensuite le tour de sa voiture pour ouvrir à Brennan mais elle sortait déjà.

Elle dut néanmoins prendre appui sur lui pour se lever, poussa un soupir.

— Je n'aurais jamais dû accepter de vous amener ici, grommela-t-il embarrassé.

— Je vais bien, je vous assure.

Il prit garde de ne pas lui tenir la main : il respectait l'indépendance de cette femme et l'admirait.

— C'est bien vrai, Bones ? insista-t-il.

— Tout à fait… on a du travail.

Il cherchait quoi répondre lorsqu'un rayon de lumière éclaira l'obscurité. Un shérif adjoint arrivait à leur rencontre.

— Bienvenue dans la réserve de Spring Lake Forest ! lança-t-il aimablement.

C'était un solide gaillard d'une vingtaine d'années, blond aux yeux bleu foncé.

— Merci de nous accompagner, dit Booth. Vous êtes Bobby ?

— Oui.

— Moi, c'est Booth. Et voici le Dr Brennan.

Pas de poignées de main, juste des saluts de la tête.

— Je vais vous mener au cimetière où on a trouvé la chose.

— Merci.

— Regardez bien où vous mettez les pieds. La nuit tombe et il y a parfois des racines qui traversent le chemin. On a vite fait de se prendre un gadin.

Bravo ! songea Booth. Il allait devoir surveiller Brennan d'encore plus près.

Il la fit passer devant lui, s'apprêtant à la rattraper si nécessaire. Le sentier lui parut à peu près plat mais les feuilles mortes s'y entassaient, susceptibles de cacher d'innombrables pièges.

Au détour d'une clairière, ils se trouvèrent soudain en tête à tête avec un crâne aux orbites vides, le reste du squelette pendu de telle manière qu'il donnait l'impression d'un homme décharné debout devant eux.

Ses bras avaient été accrochés à la grille du cimetière. Comme pour les autres, ses os étaient retenus par des fils de fer.

Booth examina les alentours.

Ils se trouvaient à l'entrée d'une petite nécropole comme on en dessinait entre 1854 et 1899. La grille de fer forgé qui l'encerclait semblait bien entretenue, son portail fermé par un cadenas qui devait rarement s'ouvrir sur des visiteurs.

Du moins jusqu'à ce soir.

Outre Bobby, deux hommes en uniforme s'étaient joints aux agents spéciaux Dillon et Woolfolk déjà sur les lieux.

Booth aperçut aussi plusieurs rayons de lumière qui semblaient se promener entre les tombes.

— Les scientifiques sont déjà au travail? demanda-t-il.

L'adjoint avisa ses deux collègues :

— Shérif, cet agent du FBI voudrait savoir si…

— Je ne suis pas sourd, coupa l'un d'eux. Les experts arrivent. J'ai averti la police de Chicago.

Se tournant vers Booth, il lui tendit la main :

— Au fait, je suis le shérif Trucks.

C'était un homme d'une cinquantaine d'années aux traits taillés à la serpe.

Booth lui présenta Brennan.

— Ravi de vous compter parmi nous, docteur, lança Trucks. Voyez-vous, ça doit bien faire sept ou huit mois que nous n'avions plus eu de meurtre… et jamais rien de semblable.

— Où en êtes-vous avec les tombes? demanda-t-elle.

— J'ai demandé à Mary Newman, conservatrice des bibliothèques de la région, de me donner son avis. Avec son association, elle a entrepris de raconter l'histoire du cimetière. Elle nous dira tout de suite si on a dérangé quelque chose.

Cependant, Brennan observait le squelette éclairé par la lune.

— Bobby ? demanda-t-elle. Puis-je vous emprunter votre lampe ?

Celui-ci interrogea du regard son chef qui acquiesça.

Le jeune adjoint tendit sa torche à Brennan qui put ainsi examiner de plus près les ossements.

Le shérif et ses adjoints semblaient fascinés par son manège. Lentement, elle descendit du crâne au cou, puis aux côtes, le long de la colonne, pour enfin atteindre les jambes et les pieds…

… où apparut un nouveau message fixé entre les orteils.

— Avez-vous photographié le site ? demanda-t-elle encore.

— Oui, dit Trucks, mais je préférerais qu'on ne touche à rien avant le passage de la police scientifique.

Ce qui, selon l'expérience de Booth, était la dernière chose à dire à Brennan, abrutie par les drogues ou pas.

— Merci pour vos conseils, shérif, lâcha-t-elle d'un ton glacial. Quant à moi, si vous voulez mon avis, j'aurais préféré qu'on ne laisse pas tous ces gens circuler sur une scène de crime. Je n'avais personnellement aucune intention de toucher quoi que ce soit, je posais juste une question.

Je la retrouve bien là ! songea Booth en réprimant un sourire.

Figé comme s'il venait de recevoir une claque, le shérif cherchait comment réagir.

Avant de voir la situation s'envenimer, Dillon, le chef local de Booth, préféra intervenir en lançant d'une voix sonore :

— Madame Newman, avez-vous trouvé quelque chose ?

Suivant son regard, Booth aperçut une femme qui revenait vers la grille. Grande, mince, le menton volontaire, le nez droit chaussé de lunettes à monture métallique, les cheveux blancs dépassant d'une casquette de base-ball, elle était vêtue d'un blouson et d'un jean.

Dans l'obscurité, il ne voyait pas ses yeux, mais elle semblait sourire.

— Tout va bien, annonça-t-elle avec un soulagement non feint. On n'a touché à aucune tombe.

— Vous en êtes sûre ? insista Trucks.

— Gregory ! Vous ne devriez même pas me poser la question, rétorqua-t-elle d'un ton agacé. Vous savez que je passe ma vie ici depuis au moins dix ans.

— Excusez-moi.

Mouché, le gros shérif. Il n'était pas très doué dans ses rapports avec le sexe dit « faible ».

Cinq minutes plus tard, la police scientifique de Chicago prenait possession des lieux. Le parking avait été dérangé par une dizaine de voitures de police depuis que le malfaiteur avait opéré sa livraison, néanmoins, deux techniciens s'attachèrent à l'examiner.

En supposant toutefois qu'il soit arrivé en voiture pour continuer à pied, comme eux. Sinon, il n'avait pu arriver que par la voie des airs et il faudrait avoir perdu l'esprit pour se faire parachuter dans ces bois avec un squelette accroché dans le dos.

Encore que pour semer ce genre de trophée à travers Chicago il ne faille pas non plus jouir de toutes ses facultés...

Soudain, Brennan braqua sa lampe en direction du thorax du squelette.

— Qu'est-ce qu'il y a ? demanda Booth.

— Regardez, qu'est-ce que vous en pensez ?

Booth se rapprocha.

— Des os, pourquoi ?

— Ne tirez pas de conclusions trop hâtives. Qu'est-ce que vous voyez d'autre ?

Il chercha, ne trouva pas.

— Franchement... je donne ma langue au chat.

Elle montra le point où la clavicule se rattachait au sternum, juste au-dessus des côtes.

— Ouiiiii... dit-il sans toujours rien comprendre.

— Vous voyez les marques de terre sur les côtes ?

— Oui, pourquoi ?

— Vous en trouvez sur les clavicules ?

Elle orienta le rayon sur les épaules afin qu'il constate l'absence de toute souillure.

— En effet, il n'y a rien, commenta-t-il. Qu'est-ce que ça veut dire ?

— Que cet os là... et juste celui-là... n'a jamais été enterré. Et que nous indique sa couleur ? Qu'il a été écorché manuellement.

— Euh... écorché ?

— Oui. Il arrive que dans un labo, on désosse certaines parties d'un corps en les plongeant dans un mélange d'eau et de détergent activé par des enzymes.

— Et moi qui trouvais que mon boulot comportait parfois des moments gores !

— Ce n'est jamais qu'une démarche scientifique, Booth ! Ça peut aboutir à identifier un meurtrier !

— Tant qu'il ne s'agit pas de vous désosser vous, Bones, je suis d'accord. N'empêche que c'est gore.

Il s'aperçut alors que les gens s'étaient arrêtés autour d'eux pour les écouter. Gênés, ceux-ci reculèrent un peu alors que deux techniciens se dirigeaient vers Brennan d'un pas menaçant.

Instinctivement, il lui fit un rempart de son corps. Elle était en train de recueillir avec une pince à épiler des fragments qu'elle déposa dans un sachet en plastique.

Leur chef, le lieutenant Pratt, un grand type brun aux traits émaciés, ne parut pourtant pas se formaliser lorsqu'elle leur expliqua qu'elle voulait le corps le plus vite possible.

— Certainement, acquiesça-t-il. Le lieutenant Greene nous a parlé de vous.

— Ah oui ?

— Oui. Il dit que vous êtes les meilleurs dans votre domaine et que nous devrions vous procurer tout ce que vous demanderiez. Nous sommes prêts à vous aider.

Elle sourit :

— Cool.

Toute l'équipe se remit au travail et, une heure plus tard – alors qu'il restait encore beaucoup à faire – Pratt remettait le squelette à Booth et Brennan.

— Où est le message ? demanda Booth.

— Ça, répondit Pratt, nous le gardons, évidemment.

— On en a besoin.

— Vous avez demandé le squelette, vous l'avez.

— Avec tout ce qu'il y avait dessus. Y compris le message.

Pratt fit la grimace mais finit par s'arracher un sourire.

— Agent Booth, j'ai assuré le Dr Brennan de notre coopération. Nous unissons nos forces sur cette enquête mais il s'agit tout de même de ma scène de crime. Je vous ai donné le squelette, ne nous en demandez pas plus.

Une fois encore, l'agent spécial Dillon s'approcha et lança d'un ton professionnel :

— Allons, lieutenant, il s'agit d'une enquête fédérale. Nous allons nous charger de ce message. Si vous désirez une copie, il vous en sera envoyée une ainsi qu'un rapport circonstancié sur nos diverses découvertes.

Pratt se renfrogna.

Il allait répliquer lorsque Brennan intervint :

— On perd du temps, là ! Vous avez été super pour le squelette et je vous en remercie, mais vous avez promis de coopérer et il faudrait songer à poursuivre dans ce sens.

En secouant la tête d'un air las, Pratt demanda à l'un de ses hommes d'apporter la note.

Celle-ci fut aussitôt enfermée dans un des sachets-preuves de Booth.

— Merci pour votre coopération, conclut Dillon avant de s'en aller.

Brennan adressa un adorable sourire au lieutenant.

— Je peux vous demander encore quelque chose ?

Il se mit à rire :

— Tant que vous n'exigez pas le sacrifice de mon premier-né… ma femme risquerait de s'y opposer.

— Non, non… Simplement, si nous pouvions vous emprunter quelques grands sacs de plastique pour transporter le squelette.

— Quand vous dites « emprunter », je suppose qu'il s'agit de « prendre » ?

— Oui.

Booth et Brennan emballèrent le squelette et le chargèrent à l'arrière de la Crown Vic.

Avant de reprendre le volant, Booth appela le Dr Wu qui, malgré l'heure tardive, accepta de les retrouver au Field muséum. Ensuite il démarra, passa un carrefour en direction de la voie expresse qui devait les ramener vers Chicago.

En jetant un coup d'œil vers Brennan, il s'aperçut qu'elle avait l'air tout étonnée.

— Quoi ? demanda-t-il.

— Je sais que je suis à moitié endormie, marmonna-t-elle, mais je croyais qu'on devait prendre la route 62.

— On y est, dit-il en montrant la pancarte qu'ils venaient de doubler.

— Alors pourquoi, tout à l'heure, indiquaient-ils la route Algonquin ?

— Parce que la route 62 est la route Algonquin.

Comme elle paraissait toujours aussi perplexe, il interrogea de nouveau :

— Quoi ?

— Il y a quelque chose qui cloche.

— Ah oui ?

— On s'est toujours basés sur le principe que c'était Jorgensen qui déposait les squelettes, non ?

— Si. Et on le tient.

— Pourtant, on n'a trouvé le dernier squelette qu'après l'arrestation de Jorgensen.

— D'accord mais ça ne signifie pas pour autant qu'il ne l'ait pas accroché ici avant de se faire prendre. On est arrivés plus tard, voilà tout.

— C'est possible. Pourtant, si on y réfléchit bien, où le premier squelette a-t-il été découvert ?

— Au Dirksen Building.

— Pourquoi ?

— Parce que... pour attirer notre attention.

— C'était gagné.

— Oui.

— Et le deuxième squelette ?

La circulation était fluide à cette heure et les lumières de la ville qui se rapprochait leur donnaient l'impression d'avoir réintégré la civilisation.

— Près du théâtre Biograph.
— Et finalement, le SDF, où vous a-t-il menés ?
— Au repaire de Jorgensen. Sa vieille maison.
— Et maintenant ?
— Maintenant ?
— Sur la route Algonquin.
— Oui, pourquoi ?
— Où vivait Jorgensen ?

Cette fois, Booth comprit où elle voulait en venir :
— A Algonquin !
— Voilà ! Vous ne trouvez pas que c'est un peu trop évident ?
— Il aurait voulu se faire piéger qu'il ne s'y serait pas pris autrement.
— Je ne dirais pas ça. Vous l'avez vu dans sa cuisine. Il ne s'est pas rendu sans résistance.
— C'était peut-être un baroud d'honneur.
— Booth, il n'avait aucune envie de mourir, ni de nous entraîner avec lui. Il voulait s'en tirer. Et c'est ce qu'il a fait.
— Les maniaques comme lui ont parfois de drôles de réactions, Bones. Ce ne serait pas la première fois que je verrais un tueur en série perdre toute notion de ses actes.

Elle ne répondit pas, les yeux rivés droit devant elle.

Songeur, Booth ajouta :
— Il choisit ce cimetière pour une autre raison, sans même se rendre compte du nom de la route... Bien qu'inconsciemment il cherche à se faire prendre, d'accord ? De tous les cimetières de Chicago, il choisit juste l'Algonquin.
— Non, ce n'est pas logique.

— Pas plus que de tuer de jeunes hommes, de les enterrer dans son vide sanitaire ou de fabriquer de « nouveaux » squelettes à partir d'ossements de plusieurs personnes. Les tueurs en série ne suivent aucune logique… Ce sont juste des agissements de malades.

— Je suis sûre qu'on oublie un détail.

— Si ça peut vous mettre à l'aise, vous n'avez qu'à jeter un coup d'œil sur son message. Vous y trouverez peut-être un indice.

Elle sortit le sachet-preuve, alluma le plafonnier, déplissa la note qu'elle examina à travers le plastique :

— C'est toujours écrit en capitales.

— Qu'est-ce que ça dit ?

— « Au FBI », lut-elle. « Je vous ai déjà donné deux chances mais votre incompétence vaut celle de la police. Jusqu'où vais-je devoir vous faciliter les choses ? Vous possédez déjà tous les indices, toutes les pistes possibles et imaginables. Mais non, votre apathie, votre ineptie vous empêchent de m'attraper. Ma patience a autant de limites que vos lamentables capacités. Va-t-il falloir que je vous livre mon nom et mon adresse, comme à la police, pour que vous veniez enfin frapper à ma porte ? » Signé, « Nerd ».

— Nerd ? Comme dans *Revenge of the…* ?

— Je ne sais pas ce que ça veut dire, je vois juste Nerd.

— Trois messages, trois signatures différentes. Ça ne veut rien dire…

Brennan éteignit le plafonnier.

— Imaginez, reprit-elle, qu'on ait trouvé ce squelette avant de repérer Jorgensen.

— Qu'est-ce que ça changerait ?

— Nous aurions tous les deux quand même fait le

rapport avec la route Algonquin... Pourquoi Jorgensen chercherait-il tant à nous faciliter les choses tout en utilisant trois signatures différentes ?

— Bones... vous cherchez de la logique là où il n'y en a pas. Vous ne parviendrez à rien de cette manière.

— Vous avez un papier et un crayon ?

Il lui jeta un coup d'œil interloqué.

— Regardez la route. Vous avez un papier et un crayon ?

Conduisant d'une main, il sortit de sa poche le petit carnet et le stylo qu'il y gardait toujours et les lui tendit.

Brennan se plongea dans une opération silencieuse et Booth en profita pour réfléchir au moyen de reprendre l'affaire Musetti dès que cette histoire de squelettes serait close. Autrement dit très bientôt.

Le suspect était en garde à vue, les preuves s'accumulaient. Rien ne les rattachait directement à Jorgensen mais cela viendrait.

C'était le travail des fouines de Brennan.

Elle était toujours en train d'écrire lorsqu'il aborda la rive du lac Michigan menant au Field muséum. Il se gara près d'une porte latérale éclairée par une simple ampoule.

Le Dr Wu n'était pas encore arrivée, aussi décida-t-il de l'attendre à l'intérieur de la voiture.

— Qu'est-ce que vous avez emporté dans ce petit sachet-preuve, tout à l'heure ? demanda-t-il.

— Celui que j'ai mis dans ma poche ?

— Oui.

— Un poil, pris dans un nœud du fil de fer qui tenait le squelette. Je vais l'envoyer à Jack pour qu'il l'identifie.

Puis, comme s'il ne l'avait même pas interrompue, elle reprit son travail tandis que Booth se remettait à réfléchir à l'affaire Musetti.

Soudain, Brennan poussa une sorte de rire qui tenait plutôt du grognement d'autosatisfaction.

— Une anagramme ! lança-t-elle.
— Pardon ?
— Les signatures. Elles forment une anagramme.
— Les trois signatures ?
— Oui. Voici ce qu'on obtient si on dispose les lettres d'une certaine façon.

Booth jeta un coup d'œil sur le carnet éclairé par la faible lueur du dehors.

Elle avait écrit en capitales :

MASTERMIND.

Il ne put s'empêcher de chercher mentalement une autre disposition des lettres.

— Ce pourrait être Mister Damn ! annonça-t-il.

Elle le considéra d'un air narquois.

— Bon, convint-il. Votre idée est sans doute meilleure.
— Vous croyez ?

Ce fut le moment que choisit le Dr Wu pour se manifester. Elle tombait à pic. Tandis que sa Volvo se garait à côté d'eux, Brennan continuait de dévisager Booth en haussant un sourcil moqueur.

— Va pour Mastermind, concéda-t-il.

Tous deux sortirent les sacs contenant le nouveau squelette et le Dr Wu leur ouvrit la porte du Field.

Ils déposèrent les os sur la table centrale et, après avoir passé blouses et gants, les deux femmes se mirent à les examiner tandis que Booth tâchait de se faire oublier tout en se demandant comment s'occuper.

Elles eurent tôt fait de conclure qu'une fois de plus, le squelette était composé de plusieurs individus.

— Les clavicules et les côtes ne correspondent pas, dit Brennan, cela sautait déjà aux yeux dans le cimetière. La symphyse pubienne appartenait à un homme jeune alors que les sutures crâniennes trahissent un âge beaucoup plus avancé.

— Est-ce que ces éléments auraient la même origine que ceux des deux autres squelettes ?

— C'est possible ; la clavicule, certains os des mains et des jambes au-dessous du genou, semblent tous provenir de la même personne.

— Vous pensez que ce sont les plus récents ?

— En fonction du temps écoulé depuis la mort, je dirais que oui.

— Que peut-on en conclure ?

Brennan sourit.

— Plus on en saura, plus on possédera d'éléments sur le bâtard qui nous envoie ces messages.

— Ça se tient.

— On va emballer ce squelette et vous pourrez l'expédier au Jeffersonian.

Le front baigné de transpiration, elle semblait soudain très fatiguée, très pâle.

— Ensuite j'irai me coucher, ajouta-t-elle avec un demi-sourire.

Booth n'eut pas le temps de lui rendre : il se précipita juste à temps pour l'empêcher de s'écrouler.

— Appelez l'hôpital ! dit-il au Dr Wu.

— Qu'est-ce qui se passe ? demanda celle-ci, inquiète.

Booth étendit doucement Brennan sur le sol.

— Je crois qu'elle a trop présumé de ses forces. Mais je ne veux prendre aucun risque.

Le Dr Wu sortit son mobile de sa poche sans quitter Booth des yeux.

— On dirait que vous tenez beaucoup à elle, observa-t-elle sans l'ombre d'un sourire.

— C'est normal, non ? Après tout, il s'agit de ma coéquipière.

9

C'était le deuxième jour d'affilée que Temperance Brennan s'éveillait dans un lit d'hôpital.

Ce qui, en soi, pouvait paraître quelque peu décourageant, et pas seulement du point de vue de la santé.

Sans être d'une coquetterie exagérée, elle ne pouvait plus voir ces vêtements qu'elle portait depuis... depuis combien de temps déjà ? En outre, elle avait perdu son sac, tous ses papiers, et c'était extrêmement désagréable.

Voilà au moins deux jours qu'elle n'avait pas pris de douche, qu'elle ne s'était pas donné un coup de brosse. La perfusion lui perçait de nouveau le bras... au moins les analgésiques fonctionnaient-ils, cette fois.

Pour couronner le tout, elle ignorait où se trouvait son téléphone mobile. Autrement dit, elle était complètement coupée de sa vie.

Encore une semaine à Chicago et elle pourrait se féliciter d'avoir toujours des vêtements sur le dos (ce qui n'était même pas le cas en ce moment).

En outre, Booth ne dormait pas sur un fauteuil, cette fois. Son cœur se serra.

Elle était seule.

La télévision était éteinte. La pendule indiquait huit heures.

Le petit déjeuner n'allait sans doute plus tarder. Nourriture d'hôpital ou pas, cela ferait du bien car elle mourait de faim.

Son mobile sonna, comme pour signaler sa présence ; ravie, elle le retrouva dans les plis de ses draps et le porta vivement à son oreille : elle savait qu'ils étaient interdits dans ce genre d'établissement ; c'était certainement Booth qui avait caché le sien dans son lit pour qu'elle ne se sente pas trop perdue.

Rassérénée, elle l'en remercia mentalement.

— Tu es là, ma chérie ? lança une voix à l'appareil.

— Pardon, Angie ! Oui, je suis là.

— C'est-à-dire où, au juste ?

— De nouveau à l'hôpital.

— Ça va bien ?

L'éternelle question.

— Je suis sortie trop tôt, c'est tout. Je crois que j'ai tourné de l'œil au muséum. Et je me retrouve là... quel jour est-on, au fait ?

Angela le lui dit et Brennan se sentit soulagée.

— Au fait, ajouta son amie. J'ai fait annuler tes cartes de crédit. Pas de problème. Quand est-ce que tu rentres ? On devra s'occuper de te refaire une carte d'identité et tout le reste.

Ça allait de mieux en mieux.

— Tu es une sainte !

— Tu devrais le répéter autour de toi, ma chérie, parce que tout le monde ne semble pas penser la même chose. Tiens, on a du nouveau sur tes deux squelettes.

— Tu ne pouvais trouver de meilleur médicament pour me remettre sur pied. Vas-y, je t'écoute !

— Je t'ai envoyé par e-mail des photos de l'image en 3-D que j'ai tirée des deux crânes. Tu n'as pas perdu ton ordinateur portable, au moins ?

— Il est dans ma chambre d'hôtel. Dans la mesure où j'ai encore une chambre d'hôtel. Tu as pu identifier les empreintes dentaires ?

— Les deux squelettes…

— Oh ! Avant que j'oublie, il y en a trois maintenant ! Le dernier devrait t'arriver sans tarder.

— *It's raining men…* se mit à chantonner Angela.

— Je ne vois pas ce que tu veux dire.

— Retape-toi, résous cette affaire, rentre à la maison et peut-être que je t'expliquerai ça.

— Angie… ces empreintes dentaires.

— Oui. Je te les ai aussi envoyées par e-mail. Voilà ce qu'on a pu en tirer pour le moment : l'un des crânes appartenait à un certain David Parks. Disparu en 1959.

— Qui était-ce ?

— La police n'a rien voulu me donner. Ils disent que c'est à Booth de réclamer le dossier.

— Intéressant.

— C'est ce que je me suis dit. Tu n'as plus qu'à transmettre au beau mec avec qui tu travailles.

— Je veux bien mais qui est-ce ?

— Seeley Booth ! Cet agent bien foutu que…

— Angie… qui est David Parks ? Le propriétaire du crâne en question ?

Brennan connaissait assez son amie pour savoir qu'Angela n'allait pas se contenter des réponses évasives de la police, qu'elle avait déjà sans doute interrogé son ordinateur de toutes les façons possibles.

— Etant donné qu'il a disparu en 1959, répondit

celle-ci, j'ai obtenu quelques renseignements. Mais bon, c'est encore un nom assez répandu.

— Qu'est-ce que tu as trouvé… ?

— Quelques vieux articles de journaux qui disent que Parks était un comptable indépendant. Jusqu'au soir où il s'est évaporé de la surface de la planète.

— C'est tout ?

— Apparemment, la police d'alors n'avait strictement aucun indice à se mettre sous la dent. Toutes les relations de Parks, que des hommes au fait, ignoraient ce qui avait pu lui arriver.

— Tous ses amis étaient des hommes ? Qu'est-ce que ça veut dire ?

— Juste qu'il n'avait pas d'épouse, pas de fiancée, aucune femme dans sa vie.

— Tu crois qu'on doit en conclure qu'il était gay ? Combien d'hommes en 1959 avaient des amies femmes ?

— Attends ! C'est bien toi qui as dit que ton tueur en série s'en prenait à des gays, même à l'époque ? C'est mieux que rien, non ?

— Si. Mais on n'a aucune preuve formelle que Parks était homosexuel.

— Ma chérie, on n'a aucune preuve formelle que quiconque soit quoi que ce soit.

Brennan ne pouvait le nier.

— Tu as autre chose ?

— Pas pour Parks. A l'époque, les informations restaient très limitées… mais je n'en dirais pas autant pour l'autre crâne.

— Qui était-ce ?

— Un petit truand du nom de Johnny Battaglia.

Brennan en ressentit des picotements dans la nuque.

— Il a disparu à l'automne 1963, continuait Angela,

en laissant une femme et deux filles, ainsi qu'un casier judiciaire long comme le bras.

— Sans doute pas gay.

— Qui sait ? Mais tu as bien dit que Booth enquêtait sur la famille Gianelli avant ton arrivée ?

Les picotements avaient disparu pour faire place à une légère sensation d'écœurement.

— Oui, acquiesça-t-elle, jusqu'à ce que nos squelettes reconstitués viennent l'interrompre.

— Alors figure-toi que Battaglia aurait travaillé avec le père de Raymond Gianelli durant les années quarante et cinquante.

— Je ne vois pas le rapport avec nos squelettes.

— Nous non plus, ici ; mais on continue nos investigations. On va procéder à l'identification ADN de chaque os.

— Tu as envoyé tes observations à Booth ?

— Oui, il doit les avoir depuis un moment.

— Parfait.

Une aide-soignante apporta un plateau, chargé de jus d'orange, de café, d'un bol et d'une assiette sous cloche ; elle était suivie d'une infirmière blonde en blouse à fleurs et pantalon blanc.

— On ne doit pas se servir d'un téléphone cellulaire dans un hôpital, docteur Brennan.

Elle avait l'air sérieuse mais pas fâchée.

— Il faut que je raccroche, dit Brennan en joignant le geste à la parole.

— On se sent mieux ? demanda l'infirmière en souriant.

Il fallait admettre que oui. Sans doute Brennan n'aurait-elle pu passer de meilleure nuit que dans cet hôpital, même si elle avait hâte de retrouver sa chambre d'hôtel.

— Le Dr Keller va bientôt passer vous voir, annonça l'infirmière. En attendant, prenez un bon petit déjeuner… et plus d'appels téléphoniques, promis ?

Là-dessus, elle la laissa entre son repas et ses pensées.

Le menu n'avait rien d'extraordinaire avec sa bouillie d'avoine aussi appétissante qu'un tas d'ossements, néanmoins, elle mangea tout et eut presque envie d'une deuxième tasse de son jus de chaussette.

Après un coup d'œil vers le couloir pour vérifier que l'infirmière blonde ne croisait pas dans les parages, Brennan reprit son téléphone et forma le numéro express de Booth, le mit au courant des dernières nouvelles et lui conseilla de vérifier son e-mail et d'imprimer les courriers d'Angela… pour les lui apporter lorsqu'il viendrait la chercher.

— Pourquoi ? demanda-t-il. Ils vous laissent encore partir ?

— D'abord, ils ne m'ont jamais laissée partir.

— C'est vrai. J'arrive.

Une heure plus tard, il apparaissait à l'entrée de la chambre dans son éternel costume noir, sa cravate et sa chemise blanche.

Quant au Dr Keller, il ne s'était toujours pas manifesté – « bientôt » demeurant un terme très relatif dans les hôpitaux – et Brennan se demandait s'il n'avait pas décidé de la punir pour ses extravagances de la veille.

Cependant, Booth se laissa tomber dans un fauteuil et sortit deux épaisses chemises de carton bistre.

— Alors ? demanda-t-elle.

— Je ne les ai pas encore regardées. Je me disais que vous vouliez les voir tout de suite.

— J'aime cette nouvelle attention qui vous anime. Il faudrait que je me fasse hospitaliser plus souvent.

— De toute façon, il est difficile de lire et de conduire en même temps.

Brennan prit la première chemise, s'étonna de son poids.

— Je ne savais pas qu'Angela avait envoyé tout ça...

— Non. Mais quand j'ai vu le nom *Battaglia*, j'ai appelé la police de Chicago. Ils m'ont transmis son dossier ainsi que celui de Parks et je les ai imprimés. On dirait qu'ils ont informatisé leurs archives.

— Ce que c'est que le progrès, dit-elle en se redressant sur ses oreillers.

Il lui avait remis le dossier de Parks et s'était réservé celui du mafieux. Tous deux se plongèrent dans leur lecture.

Cela manquait tout de même d'éléments nouveaux par rapport à ce qu'Angela lui avait déjà raconté.

En 1948, David Parks avait obtenu son diplôme de comptable ainsi qu'un poste dans une entreprise de taille moyenne, qu'il avait tenu deux ans et demi avant de quitter pour des raisons non précisées dans le rapport de police.

Quatre mois plus tard, il ouvrait son propre cabinet dans un bureau du Silversmith Building au 10 South Wabash. Ce fut sa seule source de revenus avant sa disparition, onze années plus tard.

Le dossier indiquait que Parks gagnait bien sa vie, du moins par rapport aux normes des années cinquante ; cependant, après enquête, les autorités le soupçonnaient d'irrégularités dans l'exercice de sa profession.

C'était un certain Terence Rhyne qui avait signalé sa disparition. Il prétendait que le soir du 14 juillet 1959, il avait eu rendez-vous avec Parks au restaurant Berghoff après le dîner, pour y prendre un verre ; mais le comptable ne s'était jamais présenté.

Connu pour sa ponctualité maniaque, Parks n'avait ni téléphoné ni laissé de message pour annuler leur rencontre (galante ?). Inquiet, Rhyne avait averti la police. Les six mois suivants, on avait recherché Parks sans succès. Finalement, son dossier avait été classé sans suite.

Brennan relut certains passages.

Vers midi, le jour de sa disparition, Parks avait été vu en train de déjeuner en compagnie d'un certain Mark Koch qui possédait aussi un bureau dans le Silversmith Building. C'était un bijoutier qui partageait souvent ses repas. Il avait témoigné que le déjeuner du quatorze ne lui avait pas semblé différent des autres.

Autres témoins, autres dépositions… qui revenaient à peu près toutes au même. Ainsi qu'Angela l'avait suggéré, tous les gens qui apparaissaient dans l'affaire étaient des hommes.

Célibataire, Parks semblait ne compter aucune femme parmi ses proches, pas même des sœurs (il n'en avait pas), et sa mère était morte.

La dernière page reprenait la liste des clients de Parks, plutôt courte, ainsi que la police le soulignait.

Sept noms…

… dont l'un sauta aux yeux de Brennan.

— Booth ! lança-t-elle.

Plongé dans le dossier Battaglia, il lui fit signe de patienter… une seconde, une minute, une heure ?

C'était le genre de chose qui la rendait folle. Comme si ce qu'il faisait était toujours plus important…

Mais pas cette fois.

— Booth !

Il sursauta :

— Quoi ?

Une infirmière entra :

— Qu'est-ce qui se passe ici ?

— Pardon, s'excusa Brennan. Je ne me suis pas rendu compte que je criais.

La femme plissa les yeux mais ne dit rien et s'en alla.

— Vous n'avez pas vu du tout ces papiers ? demanda Brennan à Booth.

— Non, répondit-il sans lever la tête. Quand j'ai parlé à Greene au téléphone, il m'a juste répondu que Parks était un comptable et Battaglia un second couteau. Rien de très important.

— Oui, eh bien votre comptable...

— Oui ?

— Il avait juste une demi-douzaine de clients.

— Et alors ?

— Alors l'un d'eux s'appelait Anthony Gianelli.

Refermant bruyamment le dossier Battaglia, Booth se leva et franchit les deux pas qui le séparaient du lit. Il lui arracha quasiment la chemise des mains.

— Je vous en prie ! s'écria-t-elle en croisant les bras. Servez-vous.

— Merci.

Là-dessus, il regagna sa place.

Sur ces entrefaites, le Dr Keller entra, ce qui ne parut pas le gêner davantage :

— Il doit y avoir un rapport... mais faut-il en conclure que Jorgensen était lié au milieu d'une façon ou d'une autre ? A Gianelli ?

— Excusez-moi ! s'écria le Dr Keller. Je suis sûr que vous enquêtez sur une affaire importante, mais moi j'ai une patiente à soigner.

— Pardon.

Booth ferma la chemise et sortit.

— Vous vous sentez mieux, docteur Brennan ?

— Oui, merci. Une bonne nuit de sommeil peut opérer des merveilles.

— C'est souvent le meilleur traitement.

Il l'examina rapidement et lui donna l'autorisation de partir.

— C'est une bonne nouvelle ! répondit-elle.

Le jeune médecin esquissa un sourire :

— Ce n'était pas ce que vous comptiez faire de toute façon ?

— Sans doute.

Il soupira :

— Bon, je n'appellerai sûrement pas la sécurité pour vous retenir. Mais il vous faudra du temps avant que toutes vos blessures se referment. Alors vous devez me promettre d'y aller doucement.

— Vous pouvez compter sur moi.

— Je ne vous en demande pas tant.

Une demi-heure plus tard, Booth et Brennan se retrouvaient sur le parking de l'hôpital.

— On devrait aller voir Gianelli ! proposa-t-il.

— Lequel ? Le père ou le fils ?

— Les deux.

— Sous quel prétexte ?

Booth réfléchissait aussi vite qu'il le pouvait mais, le temps qu'ils s'installent dans la Crown Vic, bouclent leurs ceintures, il n'avait toujours rien trouvé.

— Bon, conclut-il en démarrant, vous avez sans doute raison. On n'a rien contre eux. Seulement il faut bien commencer quelque part.

— En effet. A mon hôtel.

— Si vous voulez, mais pourquoi ?

— J'ai besoin de mon portable.

— Il y a quelque chose dedans ?
— Emmenez-moi et je vous montrerai.
Il éclata de rire :
— Une jolie femme, une chambre d'hôtel, une phrase pleine de sous-entendus... Ça fait du bien, de temps en temps.
— Quoi ? Je n'ai mis aucun sous-entendu...
— Je plaisantais.
Même pour ce qui est de la jolie femme ? se demanda-t-elle.
Booth s'efforça de ne plus poser de questions jusqu'à l'hôtel. Là, elle demanda dix minutes à Booth, le temps de prendre une douche et de se changer avant d'ouvrir son portable sur le bureau où ils se connectèrent à l'Internet à haut débit de l'établissement.
Elle sortit les dossiers qu'Angela lui avait envoyés, lui montra les images développées grâce à l'Angelator, ce programme en 3-D qui représentait des têtes holographiques reconstituées à partir des mesures tirées des crânes.
Brennan tourna l'écran vers lui et il approcha une chaise.
— Tout ça me donne mal à la tête, commenta-t-il. En supposant que Parks ait été gay, ce qui en fait une cible possible pour Jorgensen... que dire de Battaglia qui ne correspond pas du tout au profil ?
— Un mafieux ne peut pas être gay ?
— Sûrement pas lorsqu'il a été arrêté pour viol sur une serveuse de seize ans.
— Ah...
Elle changea de posture.
— Pourtant, ajouta-t-elle, Parks connaissait les Gianelli.
— En fait, les deux victimes les connaissaient.

Ils étudièrent, l'un à côté de l'autre, les portraits des deux hommes.

Battaglia avait une large trogne, un gros nez et les yeux proéminents d'un bouledogue.

Parks était blond aux yeux bleus, avec des traits réguliers, un visage anguleux, des pommettes saillantes, et ressemblait plutôt à un hibou.

Le mobile de Brennan sonna.

C'était son assistant, Zach Addy – mince, grosses lunettes, épais cheveux bruns – qui présentait deux doctorats à la fois tout en conservant des allures de lycéen.

— Qu'est-ce qu'il y a ? demanda Brennan.

— Le troisième squelette vient d'arriver et on s'est déjà mis dessus. J'ai pensé que vous seriez contente de le savoir.

— Merci, Zach. Continue comme ça.

— … Attendez ! Jack aussi voudrait vous parler.

Hodgins prit la communication.

— J'ai examiné la terre de plus près.

— Et alors ? Tu es arrivé à des conclusions ?

— Le sol sablonneux où étaient enterrés les deux premiers squelettes est différent de celui qu'on trouve sous la maison de Jorgensen.

— Oui, je sais.

— Mais j'ai effectué d'autres comparaisons et ça correspond à un terrain qu'on trouverait du côté du parc national d'Indiana Dunes.

— Bien joué !

— Merci… Toutefois il ne faut pas s'emballer. Sans être aussi grand que Chicago, l'endroit compte tout de même plusieurs centaines d'hectares.

— Par où commence-t-on ?

— Je dirais par l'entrée.

— ... Merci, Jack. C'est toujours un début. Un bon début.

— Oui ; et j'ai trouvé autre chose sur le troisième squelette. Je ne suis pas encore sûr mais je l'ai soumis au chromatographe et au spectromètre de masse. Je te rappelle dès que j'ai déterminé de quelle substance il s'agit.

— Merci.

Brennan raccrocha avant de rapporter à Booth ce qu'elle venait d'apprendre. Quelques minutes plus tard, ils se retrouvaient dans la voiture, en route pour l'Indiana.

Booth avait une carte dans la boîte à gants, que Brennan déplia pendant qu'il conduisait.

— Le parc d'Indiana Dunes ? répéta-t-il.

— Oui... qu'en pensez-vous ?

— Et si c'était ça, le Dunes Express ?

Elle avait failli oublier l'étrange expression utilisée par Lisa Vitto à propos de son ami disparu, l'autre soir, au Siracusa.

Pour sa défense, il fallait dire qu'entre-temps, elle avait eu droit à un tabassage en règle, suivi de quelques doses d'analgésiques et d'un évanouissement au Field muséum. Mais, maintenant que Booth le soulignait, cela lui paraissait aller de soi.

— Une décharge à l'usage de la mafia, qui sert à se débarrasser des traîtres et des ennemis.

— Où déposer les comptables et les gros bras quand on n'a plus besoin d'eux ?

Le cœur battant, elle interrogea :

— Alors, qu'est-ce qu'on fait ?

— C'est un terrain si grand que ça ?

— D'après Jack, des centaines d'hectares.

— On ne sait même pas ce qu'on cherche !

— Des tombes.

— En tout cas pas marquées de pierres ni de croix.
— Non, bien sûr.
— Le pire, ajouta Booth déconfit, c'est qu'il s'agit d'un marécage. Il va falloir mettre des dizaines d'agents à la recherche des corps.
— Si on restreint la surface, on pourra utiliser un radar GPR.

Autour d'eux, la circulation ralentissait à mesure qu'ils se rapprochaient des zones de construction au sud de Chicago. Le quartier avait été longtemps négligé, habité par les pauvres et ceux qui n'avaient même pas la chance d'occuper un logement. Du côté de Gary, là où autrefois avait prospéré l'industrie de l'acier, on se heurtait désormais aux décombres d'usines mangées par la rouille.

Le téléphone de Brennan grésilla de nouveau. C'était encore Hodgins.

— Oui, Jack. Tu as du neuf ?
— Ce sol dont je t'ai parlé tout à l'heure.
— Oui ?
— Il était sur tous les os des deux autres squelettes également… mais en si petite quantité que je ne pouvais pas l'analyser. Tandis que cette fois, j'en avais assez.
— Continue !
— Soixante pour cent de chaux.

Elle se pencha en avant, tirant sur sa ceinture de sécurité.

— Le sous-sol de Jorgensen ?
— Hé, du calme !… On ne s'emballe pas ! Soixante pour cent de chaux, vingt-trois pour cent de silice, sept pour cent d'alumine, trois pour cent d'oxyde de fer et trois pour cent d'anhydride sulfurique.
— Ciment, conclut Brennan.

— Ciment.

— Je croyais qu'on parlait du parc d'Indiana Dunes… d'où venait ce ciment ?

— Je dirais d'un chantier, répondit Jack. En tout cas pas loin d'Indiana Dunes, c'est certain. Et tes cadavres provenaient de ces eaux-là.

Maintenant que Booth avait repris l'autoroute, ils se déplaçaient plus rapidement.

— En plus, ajouta Jack, j'ai trouvé des traces de typhas, de cypéracées, de potamogétonacées.

— Lin des marais, joncs, épis d'eau, traduisit Brennan. Très intéressant.

— Tu sais où se trouve ce marais ? Sur la route 12.

— Oui, justement je m'y rends. Je vais vérifier tout ça de visu.

— Tu me raconteras.

Ils raccrochèrent et elle mit Booth au courant de ce qu'ils venaient de se dire.

— Où sommes-nous en ce moment ? ajouta-t-elle.

— Sur la route 12.

Elle regarda autour d'elle ces terres basses, ces voies ferrées qui filaient vers le nord, vers le lac Michigan caché par les bois.

— Comment connaissiez-vous le chemin ? demanda-t-elle.

— J'avais caché Musetti pas loin d'ici, dans un quartier du nom d'Ogden Dunes.

— Comme dans Dunes Express ?

Booth fit la grimace.

— Excusez-moi, dit-elle.

— La vérité n'est pas toujours agréable à entendre.

— Vous êtes venu par ici il n'y a pas longtemps, c'est ça ?

— Oui.

— Il y avait des chantiers ?

— Voyons… on rénove pas mal de maisons le long du lac.

— On utilise beaucoup de ciment ?

— Pas particulièrement. Ce sont des maisons de bois. En revanche, on construit aussi une bretelle entre l'autoroute et l'entrée de US Steel.

— Une bretelle spéciale pour cette usine ?

— L'acier est considéré comme partie prenante de la sécurité nationale. Sans acier, plus de chars, plus de Hummers, plus de canons. Il s'agit de prévoir quelque chose de sûr, en quoi on puisse avoir confiance.

— Où est-ce ?

Il tendit le bras gauche :

— Par là.

Elle aperçut l'énorme bâtiment qui abritait l'usine en bordure des rives du lac.

— Oui, l'US Steel.

— Voilà, la route arrivera par la droite.

— Où se trouve le marais ?

— Vers l'ouest.

Brennan se pencha de nouveau en avant.

— Ils construisent la route à travers le marécage ?

— Pas tout à fait, mais pas loin.

Elle lui jeta un regard empli de reproches.

— Ne jouez pas les écolos effarouchées, Bones. Ce n'est pas moi qui ai décidé de faire passer une route par là.

Elle ne s'en attendrit pas pour autant.

— Hé, poursuivit Booth, ils ont presque terminé ! En tout cas, ce sera fini avant l'hiver. Franchement, moi non plus, je ne l'aurais pas fait passer par là, mais on ne m'a pas demandé mon avis.

Elle ne précisa pas que sa réaction n'avait rien à voir

avec la préservation de la nature… enfin, pas tout à fait.

Ils passèrent devant le chantier de la bretelle qui se trouvait encore à cinq cents mètres entre la route 12 et la voie ferrée avant d'arriver à l'US Steel.

Le vent d'ouest souillait de poussière les vitres de la voiture.

Booth mit le clignotant à l'instant où Brennan aperçut la pancarte indiquant les marécages du parc d'Indiana Dunes.

Il se gara dans le parking, tourna encore pour se mettre face à un rail.

Tous deux descendirent et Brennan s'étira.

Cela faisait du bien de sortir de la voiture. La poussière n'était pas si épaisse mais elle couvrait les feuilles des arbres avoisinants et la terre des sentiers qui partaient vers le marais.

— Qu'est-ce qu'on fait maintenant ? demanda-t-elle.
— On ne peut pas entamer nous-mêmes les recherches.
— L'endroit n'est pas encore protégé, je suppose ?
— Comment voulez-vous que je le sache ?

Elle sortit son téléphone, rappela Zach Addy.

— Docteur Brennan. Comment allez-vous ?
— Bien, Zach. Tu es près de ton ordinateur ?
— D'après vous ?
— Tu es en ligne ?
— Evidemment.

Elle lui dit ce qu'elle voulait savoir, l'entendit taper sur quelques touches.

— Le parc a ouvert en 1926, indiqua-t-il.
— Est-ce que nous sommes dans le parc ? demanda Brennan à Booth.

— Pas tout à fait. On se trouve à l'angle sud-ouest mais il faudrait traverser la route pour y entrer.

— Très bien, Zach, merci.

Elle raccrocha.

— Bon, reprit-elle, le parc existe depuis 1926. Depuis combien de temps le ciment se trouve-t-il là ?

— Peut-être six mois, dit Booth le regard fixe.

Brennan étudia les sentiers indiqués sur la carte. L'un d'eux partait du parking pour, au bout d'un bon kilomètre, se scinder en deux branches qui serpentaient autour du marais avant de se réunir plus loin.

— Si on se fie au vent, observa-t-elle, ces chemins se trouvent trop loin du chantier pour absorber beaucoup de poussière de ciment.

Booth se rembrunit :

— On n'est pas au bon endroit ?

Brennan se replongea dans la carte. A six cents mètres de là, plus à l'ouest, elle repéra un autre secteur dégagé, qui offrait également un parking, quelques tables de pique-nique et un seul sentier sinueux présenté comme un « Point de vue ».

Il passait à proximité de la nouvelle bretelle.

Brennan posa l'index dessus :

— Je préconise de commencer par là…

Ils reprirent la Crown Vic pour se rendre à la zone de pique-nique. Ce fut là qu'ils trouvèrent la pancarte qu'on ne risquait plus de voir depuis la route car elle avait été cassée et jetée à terre.

Pas étonnant qu'ils aient manqué cette sortie.

Booth entra et se gara.

Ils reposèrent pied à terre et, cette fois, Brennan avait hâte de se mettre à l'œuvre car elle savait où commencer. Booth ouvrit le coffre pour en sortir la truelle qui leur avait déjà servi dans les sous-sols de Jorgensen.

— Vous feriez peut-être mieux de laisser votre veste ici, observa-t-elle.

Suivant son conseil, il se mit en chemise, laissant apparaître le pistolet qu'il gardait dans son étui.

Attrapant une pelle, il demanda :

— On a besoin d'autre chose ?

— Pas pour le moment. On verra, en fonction de ce qu'on trouvera…

Elle passa devant. C'était lui qui enquêtait mais ils abordaient son domaine à elle.

Le soleil était haut dans le ciel d'automne, une brise légère soufflait de l'ouest. Malgré son T-shirt à manches longues, Brennan avait un peu froid. Elle regretta de n'avoir pas emporté de blouson.

Cependant, après un kilomètre et demi de marche, elle se sentirait certainement réchauffée.

Apparemment, le sentier était peu fréquenté car envahi par les herbes et les feuilles. D'après la texture sablonneuse du sol, Brennan pouvait affirmer qu'ils progressaient dans la bonne direction.

— Est-ce que Jorgensen a un permis de conduire en règle ? interrogea-t-elle soudain.

— Je ne sais pas. Pourquoi ?

— Parce que s'il est responsable de ces squelettes, ça fait une belle trotte depuis chez lui.

— Deux bonnes heures, en effet.

— Et puis, s'il disposait de ce marais, pourquoi utiliser son vide sanitaire ?

— Vous croyez toujours que c'est lui qui a déposé ces squelettes, Bones ?

— Vous n'allez pas remettre ça ! Je doute qu'il les ait assemblés ; cela dit, il est coupable d'homicides multiples ; ce qui signifie que vous pourriez avoir à prouver qu'il ne les a pas déposés.

— Histoire de démasquer le vrai coupable pour ces squelettes ? Bien vu !

Le bois s'étoffait de pins et de hêtres toujours feuillus mais desséchés par la chaleur et la sécheresse, si bien que le soleil traversait sans peine les frondaisons ; en revanche, les buissons pullulaient, de même que les verges d'or et autres mauvaises herbes que Brennan ne reconnut pas.

En revanche, pas de trace des plantes trouvées sur les deux premiers squelettes.

Brennan s'enfonça davantage dans les fourrés, l'œil aux aguets, à la recherche du moindre indice, de la plus petite poussière de ciment.

Enfin, alors qu'ils approchaient du point de vue sur le marais – un espace semé de tables de pique-nique et de poubelles – elle découvrit les premières traces de ciment.

Elle s'arrêta net pour les montrer à Booth.

L'agent du FBI s'approcha ; il avait le visage moite de transpiration et Brennan sentait ses propres cheveux se coller sur son front. Elle devait avoir l'air à peu près aussi échevelée que lui.

— Quand je pense que ces tourbières passent pour des régions humides, marmonna Booth en considérant la poussière sur les feuilles mortes.

Apparemment, il n'avait pas plu depuis des semaines dans ce coin.

Autour d'eux poussaient de maigres lins des marais, et des épis d'eau desséchés.

— Attention, maintenant, annonça-t-elle. On arrive dans des coins intéressants. S'il y a quelque chose à découvrir, c'est là que ça se trouve.

— Qu'est-ce qu'on cherche au juste ?

— Des indices.

— Lesquels ?
— Vous m'avez dit un jour que c'était comme la pornographie – que je saurais quand j'en verrais.

Il acquiesça de la tête.

Brennan prit la direction du chantier.

— Où allez-vous, Bones ? lança-t-il derrière elle.
— Si vous étiez un assassin, vous enterreriez vos cadavres au milieu du chemin ?
— Non, dans le marais.
— Exact.

De nouveau, il lui emboîta le pas.

A une centaine de mètres sur la gauche, elle aperçut un objet blanc fiché dans le sol, à proximité d'un bouquet d'herbes sauvages.

Elle s'arrêta…

… mais la lueur disparut.

A son tour, Booth s'arrêta.

— Qu'est-ce qu'il y a ?

Elle ne dit rien, inspectant le sol comme si cela pouvait suffire à déterrer ce qu'elle avait pu apercevoir.

Rien.

Elle recula de deux pas et retrouva ce qu'elle cherchait. Sans quitter l'objet des yeux, elle s'en rapprocha, s'agenouilla. Poussiéreux mais blanc comme une perle au soleil, il avait l'aspect d'un petit carré d'un centimètre de côté fiché dans le sol.

— Qu'est-ce que c'est ? demanda Booth qui s'était approché.
— Vous ne voyez pas ?

En arrivant, il avait projeté son ombre sur l'objet. Elle le fit reculer d'un pas afin de laisser revenir le soleil.

— Un caillou ? demanda-t-il.
— Un caillou ?

— Non ?
— Je dirais plutôt un os.
— Vous êtes sûre ?

Elle l'interrogea du regard et il sourit :

— Bon, si vous le dites. Il est humain ?
— Il n'y a qu'un moyen de s'en assurer.

A l'aide de son téléphone mobile, elle prit quelques photos puis planta la truelle, sentit une résistance.

Elle essaya un peu plus loin.

Cette fois, la truelle s'enfonça dans le sol.

Elle répéta plusieurs fois l'opération jusqu'à déterminer un périmètre précis autour de l'os.

Ensuite, elle continua à l'aide du seul outil sur lequel elle exerçait davantage de contrôle, ses mains.

Plus elle progressait, plus elle prenait de photos.

Ne sachant que faire pour l'aider, Booth s'écarta de quelques pas pour donner un coup de fil.

Quand il raccrocha, il annonça :

— C'était Woolfolk.
— Qu'est-ce qu'il raconte ?
— Jorgensen a craché le morceau. Il parle tellement qu'on n'arrive plus à le faire taire. On dirait un one man show.
— Un quoi ?
— Bones, ça fait cinquante ans qu'il tue des gays.
— ... Ce qui correspond à nos squelettes fabriqués sur commande.
— Oui, mais il nie tout de ce côté-là.
— Ah bon ?
— Or ce n'est qu'un détail par rapport aux trente meurtres qu'il a déjà avoués. Pourtant Woolfolk assure qu'il nie farouchement toute participation dans cette histoire de squelettes. Il dit que celui qui a fait ça devait être un malade.

Elle se remit à creuser.

— Vous m'en direz tant ! commenta-t-elle.

— En outre, d'après Woolfolk, les autres familles de la mafia se retourneraient contre les Gianelli.

— Comment ça ?

— Il faut dire que les Gianelli dirigent à peu près tout. Ça ressemble à une lutte pour le pouvoir. Le père est devenu une sorte de star dans son genre, quant au fils, c'est encore pire. Un peu comme Al Capone quand il a commis l'erreur de trop attirer l'attention avec le massacre de la Saint-Valentin... vous êtes au courant de cet épisode ?

— Oui.

— Eh bien, depuis cette époque, la mafia préfère faire profil bas.

Brennan venait de déterrer l'objet.

— Là.

— Humain ? demanda Booth en se rapprochant.

Elle souleva un crâne encore plein de déchets mais entier.

Un crâne humain.

— Dans le mille ! s'exclama Booth.

— On dirait. Si toutefois on identifie la denture.

Elle retourna le crâne en ajoutant :

— Et voici la cause de sa mort...

Deux balles de petit calibre avaient percé l'os.

— Deux coups, observa Booth. La signature de la mafia.

— On va devoir faire venir du monde et un radar GPR pour inspecter l'intérieur du sol.

— Il suffit de demander, dit Booth en reprenant son mobile. J'ai l'impression qu'on vient de découvrir un cimetière de la mafia.

— Quoi qu'il en soit, c'est sans doute de là que proviennent nos squelettes... et nous risquons d'en trouver d'autres.

Booth passa quelques ordres puis referma son mobile qu'il glissa dans sa poche. C'est alors que son regard se porta sur le chantier et qu'il se figea.

Il sourit, les yeux écarquillés.

— Quoi ? demanda Brennan.

— C'est ça ! s'exclama-t-il. Le chantier se rapprochait trop du cimetière ! Ils ont été obligés de le déménager, de peur qu'on ne découvre tous ces cadavres.

— C'est possible.

Elle préférait ne pas trop s'avancer sans preuves supplémentaires.

— C'est logique, Bones. Exactement le genre de chose que vous adorez. Les truands enterrent ici leurs morts illégaux depuis Dieu sait combien de temps. Or, entre la sécheresse et le chantier qui empiète sur leur domaine, qu'est-ce qui arrive ? Les voilà obligés de tout déménager, de se débarrasser de ces corps encombrants... Et pour détourner nos soupçons, ils nous lancent sur la piste d'un tueur en série.

— Comment étaient-ils au courant ?

— Croyez-moi, personne n'est plus au courant de ce qui se passe dans leur ville que les membres du milieu. Le FBI et la police ne connaissent que la partie émergée de l'iceberg. Tandis qu'eux, ils savent tout et ne se gênent pas pour s'en servir quand ils en ont besoin.

— Il y a une certaine logique dans ce que vous dites.

— Merci.

Elle examina les alentours du regard. S'il fallait tout fouiller, ils n'en avaient pas terminé. De quoi lui rappeler les charniers de Bosnie ou du Guatemala.

10

Le marais grouillait d'agents du FBI, d'inspecteurs et de scientifiques.

De son côté, la police de Chicago reprenait tous ses dossiers de personnes disparues, comparait ses empreintes dentaires avec la découverte de Brennan, sans compter les ordinateurs du FBI, qui tournaient sur les mêmes recherches.

Quant au crâne en question, il allait être expédié au Jeffersonian pour y être examiné de plus près.

Pour le moment, Brennan regardait deux techniciens opérer des sondages à l'aide d'un GPR. A leur droite, la police scientifique de Chicago fouillait le sol à la recherche d'autres tombes éventuelles.

D'autres agents du FBI avaient déjà découvert que le parc tout entier avait été creusé, retourné à plusieurs reprises, particulièrement à proximité du chantier ; ce qui n'empêchait pas d'autres agents de poursuivre leurs investigations dans d'autres directions, notamment vers le marécage.

Quelques agents interrogeaient le personnel du bureau d'accueil des visiteurs et du poste des gardes forestiers. Au Dirksen Building, le personnel du FBI reprenait tous les crimes répertoriés de la mafia dont une ou plusieurs victimes pourraient avoir abouti là. Ce qui risquait de prendre un certain temps.

Pour sa part, Seeley Booth réfléchissait.

Toutes ces pièces apparemment sans rapport entre elles semblaient finalement appartenir au même puzzle ; il commençait à considérer la situation sous un angle nouveau.

Cela sentait l'Outfit à plein nez : deux de ses membres au moins faisaient partie des squelettes reconstitués et voici qu'un crâne percé de deux balles venait de faire son apparition. Impossible de n'y voir que des coïncidences. D'ailleurs, en bon enquêteur, Booth ne croyait évidemment pas aux coïncidences...

La mafia enterrait là ses morts depuis des années, dans le Dunes Express ; voilà qui paraissait désormais indiscutable.

Puisqu'il avait fallu déménager ces corps, le problème s'était posé de savoir qu'en faire. C'était là que quelqu'un avait dû émettre une brillante idée.

Quelqu'un qui, pour une raison ou pour une autre, était au courant de certains meurtres locaux et en connaissait l'auteur principal – un vieux suspect qui ne tarderait de toute façon pas à passer l'arme à gauche.

Si les squelettes semblaient provenir d'un tueur en série, véritable pied de nez à la police, qui s'en irait accuser la mafia ?

En outre, qu'est-ce que le FBI pourrait faire de squelettes dépareillés ?

Bien des choses, se dit Booth en considérant l'activité autour de lui. *Bien des choses*.

Pas de chance pour l'Outfit, ils avaient un « mastermind » derrière toutes ces recherches : Temperance Brennan.

A présent, ils se trouvaient devant une alternative : c'étaient soit les Gianelli, la plus puissante famille du crime organisé de Chicago, qui se trouvaient derrière ces squelettes, soit un membre d'une famille rivale cherchant à les faire accuser.

Il se rapprocha de Brennan assise sur un fauteuil pliant, un portable ouvert sur les genoux pour mieux suivre les progrès du GPR.

— On dirait qu'il n'y a rien là, indiqua-t-elle au technicien. Essayez à un mètre plus haut.

— Vous avez une minute ? lui demanda Booth.

Elle leva la tête de l'écran.

— Comme on en a encore pour des heures, oui.

— Ça va ?

Elle avait les prunelles brillantes, des cernes gris.

— Très bien.

— Bones, si vous tournez encore de l'œil...

— J'aimerais mieux ne plus entendre parler de ce déplorable incident, d'accord ? Ernie, je vous laisse seul un instant.

Le technicien hocha la tête et reprit sa recherche.

Brennan suivit Booth dans un coin plus tranquille.

Il lui exposa sa théorie.

— Ce n'est pas mon terrain, objecta-t-elle.

— Non, mais cette affaire vous concerne et vous avez rencontré Gianelli. Je me fie à votre instinct.

— Vous croyez vraiment qu'il pourrait s'agir d'une famille rivale ?

— En tout cas, il y a beaucoup de gens à Chicago qui n'aiment pas les Gianelli. Sans parler de tout l'argent qu'il y aurait à gagner en mettant la main sur leurs...

Le téléphone de Brennan vibra. Elle décrocha, écouta, parut d'abord surprise, puis stupéfaite.

— Tu veux rire ! s'exclama-t-elle.

Elle écouta la fin les yeux dans ceux de Booth.

— Merci Jack, acheva-t-elle. Tu es super.

Elle rangea son mobile en indiquant :

— C'était Jack.

— J'ai cru comprendre, marmonna Booth.

— On a une correspondance ADN pour la clavicule du dernier squelette, justement l'un des os qui n'ont jamais été enterrés.

— Très bien. Qui est-ce ?

— Je ne sais pas si ça va vous faire très plaisir, Booth. Mais il s'agit de votre témoin : Stewart Musetti.

Il en éprouva effectivement un choc.

— Vous êtes certaine ?

— Oui. Vous avez prélevé son ADN lorsque le FBI l'a mis sous protection rapprochée.

— En effet, maugréa-t-il.

— Bon, je sais que vous auriez préféré ne pas perdre votre témoin. Mais vous vous doutiez déjà qu'il était mort. Sa copine disait qu'il avait pris le Dunes Express. Là, on est au terminus.

— On dirait, oui.

— Voilà qui répond à votre question de tout à l'heure : il ne s'agit pas d'une bande rivale.

— Autrement dit, ce sont les Gianelli qui se trouvent derrière tout ça.

— Oui, et sans vouloir vous bousculer...

— Allez-y !

— Vous permettez que j'avance une théorie ?

— Avancez.

— Supposons que le fils Gianelli, Vincent, ait reçu de son père la mission de dégager ces ossements. A mesure que le chantier avance, il doit arriver le premier pour retirer tout ce qui est enterré. Je l'imagine arrivant avec une benne à ordures où il jetterait ces restes dans le désordre.

— Pas très protocolaire, mais je vois assez bien la scène, approuva Booth.

— On peut penser qu'il aura fait n'importe quoi pour s'en débarrasser, les jeter dans le lac, les enterrer ailleurs, les mélanger aux os laissés par des abattoirs appartenant à la famille…

— Vous me faites peur, là. Mais le raisonnement semble se tenir.

— Et voilà que notre « mastermind » Vincent a une idée. Etonnamment complexe. Il va faire d'une pierre deux coups, d'abord en se moquant du FBI, ensuite en détournant son attention de la disparition de Musetti.

— A vrai dire, ça a parfaitement marché. Un squelette devant l'immeuble du bureau de Chicago… mais comment Vincent pouvait-il se douter que ce serait moi qu'on mettrait sur l'affaire ? Qu'on m'ôterait le dossier Musetti ?

— N'oubliez pas que j'ai discuté avec lui. Il prétend me connaître, adorer mes bouquins. Il devait savoir que vous et moi avions déjà travaillé sur plusieurs affaires. Qu'on allait de nouveau nous associer sur celle-ci qui nous correspondait si bien.

— Je ne sais pas, Bones… Cette fois-ci, la théorie me semble un peu mince. Si cet imbécile est capable de…

— Dites tout ce que vous voulez mais ne le traitez pas d'imbécile. En outre, c'est un fan des tueurs en série.

— Comment le savez-vous ?

— Vous êtes déjà allé au Siracusa ?

— Pas vraiment.
— Il y entretient toute une galerie de photos.
— J'imagine. Des stars et des hommes politiques qui lui serrent la main. On voit ça souvent, surtout dans les restaurants italiens.
— Y compris des portraits de criminels comme John Wayne Gracy ?
— Vous plaisantez !
— J'aimerais bien. Parce qu'il risque de m'installer à côté tant il aime les romans policiers et les assassins. Si quelqu'un devait savoir qui supprimait tous ces jeunes gays, c'était bien lui.
— Et c'est ainsi qu'il nous met sur la trace de Jorgensen et se fiche de nous…
— Bon, ce n'est qu'une théorie. Pour les preuves, il va falloir attendre que ces messieurs terminent leur récolte.
— Quant à moi, je connais d'autres moyens d'accuser Vincent.
— Lesquels ?
— Bones, avec les études qu'il a pu faire, le croyez-vous capable d'assembler un squelette à partir de pièces détachées ?
Elle réfléchit un instant, puis :
— Sans doute pas. C'est un homme intelligent, mais je ne pense pas qu'il ait fait beaucoup d'études.
— Exactement. C'est pourquoi je suppose que, pendant que ses petits camarades rassemblaient tous les ossements qu'ils déterraient par ici, lui il lisait.
— Et ça va vous fournir des preuves contre lui ?
— En soi non, mais le Patriot Act, alinéa 215, autorise un agent spécial comme moi à examiner les lectures d'un suspect.
— Hé ! s'exclama-t-elle. Vous n'avez pas le droit de

fouiller comme ça dans la vie des gens ! Même s'ils sont soupçonnés de terrorisme, ce qui n'est d'ailleurs pas le cas de Vincent Gianelli.

— C'est parfaitement légal. Et c'est mon boulot, pas le vôtre. Vous n'allez pas vous emballer sous prétexte que je peux lui mettre la main au collet s'il a lu votre livre ou ceux de la concurrence.

Elle le fusilla du regard avant de répondre d'un ton glacial :

— Booth, je suis allée en Bosnie, au Guatemala, en Thaïlande et dans une dizaine d'autres pays où un groupe de gens tentait d'en éradiquer un autre.

— Je sais.

Il en avait fait autant de son côté – avec un fusil.

— Alors, reprit-elle, vous savez ce que les agresseurs avaient tous en commun ? Ils voulaient contrôler ce genre d'informations.

Dans un geste d'apaisement, il ouvrit les mains :

— Ecoutez, je veux bien vous accorder que j'approuve votre opinion. Mais il existe des lois dans ce pays et je ne vois pas pourquoi je ne m'en servirais pas si elles peuvent m'aider à mettre la main sur un criminel. S'il n'a rien à cacher, il n'a rien à craindre.

Elle tendit vers lui un index vengeur :

— Vous ne comprenez rien. Vous êtes comme les nazis en 1937, les MacCarthystes en 1953, les...

— Les nazis ? explosa-t-il. Vous me traitez de nazi ? Vous poussez un peu loin le bouchon !

Il se détourna, la plantant là. Elle eut beau l'appeler, il ne se retourna pas.

Il avait du travail.

Woolfolk était arrivé depuis un moment déjà et Booth le chargea de surveiller le site pendant qu'il retournait en ville chercher les documents dont il pourrait avoir besoin.

Arrivé à son bureau, il prit contact avec deux librairies proches du domicile de Vincent Gianelli et put ainsi constater que celui-ci n'y avait plus mis les pieds depuis sa sortie du lycée. Ce qui ne l'étonna qu'à moitié.

En revanche, il avait commandé par Internet plusieurs romans policiers et deux ou trois traités d'anatomie.

Il ne fallait pas davantage de preuves indirectes pour soupçonner Vincent Gianelli d'être le « mastermind » de l'affaire des squelettes.

Comme on frappait à la porte de son bureau, Booth leva la tête.

C'était Brennan.

— Je peux entrer ?
— Oui, je vous en prie ! Asseyez-vous.

Elle était en jean et chemisier blanc, portait une veste grise, les cheveux noués en queue-de-cheval. Il la trouva reposée, attrayante et certainement en meilleur état que depuis son attaque dans le garage.

Vingt-quatre heures s'étaient écoulées depuis leur altercation au bord du marécage. Ils n'avaient pas échangé un mot depuis.

— Ça va ? demanda-t-elle.
— Oui.
— Je… euh… je crois que je vous dois des excuses.
— Vous croyez ?
— Nazi, c'était peut-être un peu fort.
— Vraiment ?
— J'aurais dû m'en tenir à fasciste.

Il cligna des yeux.

Mais elle souriait.

— Je vous prie de m'excuser, ajouta-t-elle.

Il posa son crayon et s'adossa à son siège en soupirant.

— Dites-vous que je suis tout aussi désolé. Je sais que parfois la fin justifie les moyens, en revanche je n'ai pas vraiment assuré en matière de diplomatie…

— Pourtant… vous avez trouvé ce que vous cherchiez ?

— Oui. Navré, mais j'y suis allé le cœur léger.

— Les remords viennent ensuite, conclut-elle avec philosophie.

Il désigna les papiers étalés sur son bureau :

— Tout est là – achats de livres sur les tueurs en série, sur l'anatomie et le squelette…

— Vous êtes sûr qu'il n'y a pas d'autre moyen de confondre Vincent ?

— En tout cas, je n'en ai pas trouvé.

Avec un petit sourire, elle sortit de sa poche un sachet en plastique.

— Qu'est-ce que c'est ? demanda-t-il.

— Vous vous souvenez du poil que j'ai récupéré entre deux fils de fer sur le troisième squelette, celui du cimetière ?

— Oui… il est humain ?

— En fait, non.

Booth poussa encore un soupir :

— J'aurais dû me douter que ça ne nous mènerait à rien. Comme presque tout le reste dans cette affaire.

— Canin, précisa-t-elle.

Il releva la tête :

— Ça provient d'un chien ?

— Pas n'importe quel chien – un mâtin de Naples.

Elle lui décocha un sourire angélique en ajoutant :

— Vous connaîtriez quelqu'un qui en possède un ?

— ... Vincent Gianelli !
— Exact. Et je n'ai pas eu besoin de fouiller dans sa vie privée pour trouver ça.
— Ce poil provient de son propre chien ?
— Là, il va falloir le prouver. Mais ce ne sera pas trop difficile. Après tout, on a affaire à une race plutôt rare.

Booth allait répliquer mais il préféra s'en tenir au plus pressé :
— Je vais le voir.
— Bonne idée.
— Vous... voulez m'accompagner ?
Elle sourit :
— Je me demandais si vous alliez me poser la question...

Si son père se partageait entre un appartement sur Gold Coast et une demeure à Forest Park, Vincent Gianelli vivait à Des Plaines, dans une sorte de palais de deux étages qui occupait tout le fond de Big Bend Lane.

Booth et Brennan n'arrivèrent pas seuls.

Woolfolk les accompagnait, avec le lieutenant Greene, de la police de Chicago, ainsi qu'une équipe d'intervention du FBI.

Un portail en fer forgé fermait l'accès à la villa mais, lorsque Booth s'annonça dans un haut-parleur, il ne reçut pas de réponse.

— Il est peut-être à l'intérieur, en train de détruire des preuves, dit-il à Brennan assise dans la voiture.

Il sortit son talkie-walkie et donna l'ordre d'intervenir.

L'équipe ne mit pas plus d'une minute à forcer l'entrée. Certains hommes pénétrèrent à pied dans la propriété, d'autres au volant de leur camionnette. Booth et Brennan suivaient dans la Crown Vic, Woolfolk et Greene dans une autre voiture, fermaient le train.

Ils foncèrent dans l'allée sinueuse qui traversait une sorte de sous-bois, tandis que les hommes cherchaient d'éventuels gardes du corps. Booth se gara derrière la camionnette des agents et sortit, son talkie-walkie toujours à la main, Brennan sur ses talons.

Le porche d'entrée, en briques comme le reste de la maison, se dressait au milieu d'une façade ornée de quatre fenêtres de chaque côté. Une grosse cheminée carrée dominait chaque angle du toit.

Booth avait eu le temps d'examiner un plan de la villa et savait qu'un énorme garage et un atelier occupaient l'arrière, ainsi qu'un pavillon pour les invités et un petit bungalow réservé aux gardiens et autres domestiques.

Une voix retentit dans la radio :
— Les bois sont vides.

Un agent tira sur la sonnette et, comme rien ne venait, fit sauter la poignée et poussa violemment le panneau contre le mur.

Les agents se répandirent à travers les étages.

L'un après l'autre, ils annonçaient que les pièces étaient vides.

Comme toute la maison.

Le chien lui-même ne se manifesta pas.

Booth partit vers le fond. Tandis que les agents vérifiaient le pavillon et le bungalow, il pénétra dans le garage avec Brennan, Woolfolk et Greene.

L'endroit était plongé dans l'obscurité et Booth alluma l'interrupteur à côté de la porte.

Huit voitures et 4×4 s'alignaient sur deux rangées, qu'ils examinèrent une à une : Bentley, Hummer,

Porsche, Escalade, Jaguar, Aston Martin, Ferrari et la préférée de Vincent : une Corvette de 63.

Au fond s'ouvrait une petite porte qui donnait sur l'atelier. Booth y entra, l'arme au poing.

Il y trouva des établis, des outils et d'innombrables machines…

… mais pas de Gianelli.

Et si celui-ci avait été prévenu ? Sans doute par le même informateur qui lui avait fourni l'adresse de la planque où le FBI cachait Stewart Musetti.

Dans ce cas, l'informateur en question devait appartenir au Bureau. Un de ces quatre, Booth le démasquerait.

De loin, Brennan lui indiquait une autre porte derrière une énorme tour. Elle laissa Booth l'ouvrir.

Ils découvrirent un sombre escalier en spirale qui descendait vers un sous-sol encore plus noir. Sortant une mini-torche, Booth finit par allumer des néons le long des murs.

Cette fois, ils pénétraient dans l'atelier d'un fou.

Là aussi s'alignaient des tables qui n'allaient pas sans rappeler celles du Field muséum. Un squelette sans tête gisait sur celle qui se dressait devant l'escalier.

Brennan s'approcha pour examiner de près ces os et remarqua les taches de sang qui maculaient le sol.

Elle les suivit et poussa une exclamation :

— Oh, non… quelle horreur !

Booth se précipita pour découvrir à son tour le chien de Gianelli, égorgé dans une mare rougeâtre.

Une large baignoire le long du mur était encore remplie d'eau oxygénée. Quant au squelette sur la table, il portait un message entre les orteils.

Brennan le prit et le déplia :

OUVREZ LE COFFRE.

Ils remontèrent en hâte vers le garage et Booth fila droit vers la Corvette. Les clefs se trouvaient encore sur le contact. Il ouvrit le coffre et y trouva exactement ce qu'il s'attendait à y trouver.

La tête de Vincent Gianelli.

Ce qui fit nettement moins d'effet à Brennan que le cadavre du chien... Les crânes humains, elle avait l'habitude, même si elle manipulait plutôt ceux qui ne comportaient ni chair ni cheveux.

Vincent arborait une expression étrangement calme que venaient démentir les bleus sur ses joues et son cou martyrisés. Aux traces qu'elle y trouva, elle eut tôt fait de conclure que la décapitation avait commencé de son vivant.

Une façon pour le moins déplaisante de dire adieu à ce monde.

Brennan prit une photo avec son téléphone puis, de sa main gantée de latex, elle saisit la tête par les cheveux et la retourna afin d'examiner le cou sanguinolent.

Elle voulait vérifier où exactement on l'avait coupée.

Ensuite, elle la replaça dans le coffre puis redescendit en hâte compter les vertèbres cervicales du squelette. D'après ce qu'elle avait observé sur la tête, elle était certaine d'en trouver sept.

Elle ne se trompait pas.

Sous réserve de vérifications ultérieures, elle pouvait déjà affirmer que le squelette appartenait au propriétaire de cette maison.

— D'après vous, demanda-t-elle à Booth, qui a fait ça?

Il eut une moue d'ignorance.

— Vous allez enquêter ?

— Oui, mais on résout rarement les meurtres dans la pègre. On a affaire à des professionnels.

— Mais le chien, insista-t-elle. Qui a pu faire ça ?

— Celui qui en a reçu l'ordre. Il ne s'agit jamais que d'un contrat.

— C'est affreux !

Booth lui passa doucement un bras sur l'épaule.

— Voilà pourquoi on les poursuit avec tant d'obstination.

Il l'étreignit un instant et la relâcha.

Stupéfaite, elle ne sut que dire.

— Il faut que j'avertisse son père, poursuivit Booth gravement. Raymond Gianelli. Vous pouvez m'accompagner si vous voulez.

— Je peux ou je dois ?

— Comme vous voudrez. Mais c'est vous qui avez identifié le corps.

Il n'avait pas tort.

11

Aux yeux de Temperance Brennan, la monstrueuse demeure de Raymond Gianelli faisait passer celle de son fils pour un pavillon de banlieue.

Cachée au cœur de Forest Park, il suffisait de voir son mur d'enceinte pour comprendre la nature des affaires de son propriétaire. A l'intérieur, des gardes armés patrouillaient avec des chiens d'attaque et – au contraire de la maison de Vincent – tout le monde était à son poste.

A la grille, deux solides gaillards en tenue de gymnastique inspectèrent le badge de Booth d'un œil mauvais mais laissèrent passer la voiture.

Booth l'arrêta devant le large perron où deux autres hommes attendaient, l'air aussi dangereux que des agents d'intervention du FBI.

Les visiteurs furent escortés dans un bureau d'acajou. Une gigantesque table, un énorme siège de cuir, deux chaises... Brennan se rappelait irrésistiblement ses impressions de gamine lorsqu'elle était convoquée chez le directeur de l'école.

Raymond Gianelli entra d'un pas lourd, sanglé dans

un costume toujours aussi impeccable, l'expression de marbre. Il prit place dans le fauteuil de cuir sans leur serrer la main.

— Qu'est-ce qui vous amène, agent Booth ?

— J'ai malheureusement une tâche pénible à remplir... Nous sommes ici pour vous annoncer que votre fils Vincent a été assassiné.

L'homme ne cilla même pas.

— De quelle façon ?

Brennan ouvrit la bouche mais Booth lui posa une main sur le bras.

— Quelle importance ? demanda-t-il.

Soudain, le menton du gangster retomba sur sa poitrine et il se passa une paume sur le front.

— Vous savez que ça en a. Ce genre de remarque ne vous ressemble pas, agent Booth.

Comme celui-ci hésitait encore, Gianelli se redressa et insista :

— Comment mon fils est-il mort ?

Ce fut Brennan qui prit la parole, d'un ton détaché, très professionnel :

— Il a été torturé, nous ne savons pas encore combien de temps, et on lui a coupé la tête. De son vivant. Je suis désolée.

Booth s'était crispé. Il ne semblait pas apprécier. Cependant, Gianelli se contenta de hocher la tête.

— Merci, articula-t-il.

Puis il se tourna vers l'agent du FBI :

— Qui est cette jeune femme ?

— Le Dr Brennan, une anthropologue qui travaille de temps en temps avec...

— Vous auriez beaucoup à apprendre d'elle, coupa Gianelli. Elle n'a pas peur de la vérité.

— En effet, reconnut Booth.

— Où se trouve mon fils, en ce moment ? Je veux le voir.

— Non, monsieur, dit Brennan. Il ne faut pas.

Il la toisa d'un regard noir mais, cette fois, ses traits accusaient le chagrin et la colère.

— Je tiens à le voir.

— C'est votre droit, dit Booth.

Ils emmenèrent Raymond Gianelli dans leur propre voiture, sans gardes du corps ni avocats, rien qu'eux trois.

Ils se rendirent à la morgue de Cook County où avaient été transférés les restes de Vincent.

Au sous-sol, ils attendirent, assis sur un banc dans un couloir glacial et verdâtre fermé par deux portes vitrées. Derrière l'une d'entre elles apparut un infirmier qui poussait un brancard couvert d'un drap.

Brennan se demanda si Gianelli avait remarqué la place énorme que prenait la tête par rapport au reste du corps.

Ils se levèrent, s'approchèrent de la vitre, et l'infirmier dégagea la tête.

Raymond Gianelli porta une main à sa bouche pour étouffer un murmure d'horreur. Il avait pourtant dû en voir au cours de sa longue vie de truand ; mais là c'en était trop, même pour lui.

Le drap avait été tiré un peu au-delà du cou, révélant le début du squelette. Brennan jeta un coup d'œil vers le visage de Gianelli.

Celui-ci ferma les paupières et des larmes lui coulèrent le long des joues ; cet homme qui avait dû ordonner d'innombrables meurtres défaillit comme s'il allait tomber.

Brennan et Booth le prirent chacun par un bras pour

l'éloigner de la porte vitrée. Il retourna s'asseoir sur le banc et se mit à pleurer sans se cacher.

— Nous compatissons, souffla Booth.

Gianelli leva sur lui un regard furieux.

— Vraiment ? Dites au moins la vérité comme votre jeune amie : ça ne vous fait pas plaisir que mon fils soit mort ? Qu'il y ait un Gianelli de moins sur cette terre ?

Brennan crut que le vieil homme allait le frapper, mais Booth ne perdit pas son calme :

— Aucun parent ne devrait jamais avoir à enterrer son enfant.

Sans doute Gianelli perçut-il sa sincérité car il ne bougea pas.

Jusqu'à ce que son visage lui tombe dans les mains.

Ils le ramenèrent chez lui dans un silence de plomb. A l'arrière, Gianelli ne bougeait même pas. A l'avant, Brennan se disait qu'il devait déjà élaborer le bain de sang qui allait immanquablement suivre.

Alors qu'ils abordaient l'allée menant à sa maison, le gangster laissa soudain échapper :

— Je vous propose un marché.

Booth secoua la tête.

— Avec tout le respect que je vous dois dans votre situation, monsieur, je tiens à vous dire que rien n'a changé. Les marchés, c'est fini. Je vous ai fait une offre lorsque vous avez témoigné, vous l'avez refusée.

Brennan n'en croyait pas ses oreilles. Elle ouvrit la bouche mais Booth la fit taire d'un regard impérieux.

Il avait quelque chose derrière la tête.

Elle se retourna légèrement vous voir Gianelli à l'arrière. Il se frottait le front.

— Je vais quand même tout vous dire, insista-t-il. Pas seulement sur notre famille mais aussi sur les autres. Je sais tout sur tout le monde dans cette ville.

— Vous ne pouvez combattre toutes les familles à la fois. Vous voulez juste vous venger à travers moi. Je ne marche pas.

Gianelli fulminait.

— Vous croyez que je m'amuse, là, espèce de salopard ?

Booth ne dit rien.

Ils étaient garés devant la maison de Gianelli. L'un de ses hommes avait déjà posé la main sur la poignée de la portière arrière mais, pour une obscure raison, n'avait pas ouvert. Sans doute un geste ou un regard de son patron l'en avait-il dissuadé.

Finalement, Booth lâcha :

— Il n'y a qu'à travers moi que vous puissiez atteindre les autres désormais. D'accord ?

— … D'accord.

— L'ennui pour vous, monsieur, c'est que je peux les mettre à l'ombre sans votre aide ; ainsi que vous, d'ailleurs. Sauf, bien sûr, si vous avez quelque chose à m'offrir qui m'échappe encore. Sinon, nous n'avons plus rien à nous dire.

Gianelli demeura un long moment sans réagir. Quand il reprit la parole, ce fut d'une voix si douce que Brennan dut tendre l'oreille pour comprendre ce qu'il disait :

— Je sais ce que vous voulez, Booth.

— Vous croyez ?

— Vous voulez le nom de celui qui nous a donné Musetti. Le traître.

— J'écoute.

Gianelli se pencha vers lui :

— Je vous donne ce type et on conclut un marché ?

Les yeux fixés sur le pare-brise, Booth marmonna :

— Vous allez au-devant de difficultés, mais nous

vous protégerons. Vous aurez droit à une cellule chez les cols blancs, loin de tous les autres truands. Personne ne cherchera à vous étrangler sous la douche, sauf peut-être un sénateur tombé pour corruption ou un directeur d'Enron en mal d'argent.

— Très drôle.

— Donnez-moi votre informateur au FBI, les autres nous les prendrons tout seuls. Quant aux responsables des atrocités perpétrées à l'endroit de votre fils, ils tomberont aussi. Donnez-nous ce dont nous avons besoin et nous les exterminerons jusqu'au dernier.

Gianelli poussa un soupir de regret.

— Il m'en a coûté de mettre la raclée à Stewart Musetti. On avait grandi ensemble, nos pères étaient amis et nous-mêmes, on l'aurait été toute notre vie si quelqu'un ne lui avait pas fourré des idées merdiques dans la tête. Dommage, parce que je l'aimais bien. Seulement, il menaçait ma famille, mon fils Vincent. Et si mon fils n'était pas parfait, je l'aimais et je ne pouvais pas permettre ça.

— Je comprends, dit Booth.

— Finalement, comme il ne voulait rien entendre, il a bien fallu que je l'empêche de nuire… pour sauver mon fils. Quant au salaud qui lui a mis ces idées dans le crâne, je peux vous dire que c'est le même qui nous l'a vendu. Je vous le livrerai avec plaisir, agent Booth.

Cette fois, Brennan regardait son voisin. Il semblait respirer un peu plus vite ; néanmoins, il ne disait rien, immobile derrière son volant, sans même regarder dans le rétroviseur.

Gianelli articula clairement :

— C'est l'agent spécial Robert Dillon, votre chef direct.

Booth hocha la tête comme si cela ne faisait que confirmer ce qu'il savait déjà.

Quant à Brennan, elle faillit tomber à la renverse.

Dillon ?

Booth le croyait-il seulement ?

Comme s'il devinait ses pensées, Gianelli poursuivit :

— J'ai toutes les preuves de ce que j'avance à l'abri dans un coffre, à commencer par les enregistrements de ses confidences. Effectués à son insu bien sûr. Vous les voulez ?

— Oui, dit Booth en se retournant. Je vous ferai accompagner à la banque pour les y récupérer. Entretemps, je vais cueillir ce traître et j'organise tout ça.

D'un petit geste, Gianelli invita son garde du corps à ouvrir la portière et il sortit, grimpa lentement les marches de son perron.

Booth et Brennan reprirent lentement le chemin qui menait à la sortie de la villa.

— Vous le croyez ? demanda-t-elle.

— Pourquoi voudriez-vous qu'il mente ?

— Parce que c'est un menteur. Qui veut venger son fils mort.

— Votre deuxième phrase est vraie, Bones, mais la première ? Il respecte les lois du milieu. Il dit vrai, c'est une question d'honneur.

— Alors vous le croyez ?

— J'aurais mauvaise grâce de ne pas le croire. Malgré son passé, Gianelli est passé de notre côté maintenant.

— J'ai du mal à avaler ça.

— Vous croyez que ses ennemis se contenteront de ne tuer que Vincent ?

— Euh, non... Sûrement pas.

— Les raisons de Raymond sont à double tranchant. Comme vous l'avez dit, il cherche à se venger.

Sur le chemin du bureau, ils avaient dû ralentir à cause de la circulation.

— Ce que je n'ai pas dit, continua Booth, c'est qu'il a besoin de protection maintenant. Si ses rivaux ont pu atteindre Vincent, ils ne tarderont pas à s'en prendre à lui. Il le sait aussi bien que moi mais je n'avais aucune raison de le dire.

— Pour sauvegarder sa virilité devant une femme ?
— C'est qu'il appartient à l'ancienne école.
— Et Dillon ? Vous le soupçonniez déjà ?
— En fait… oui.
— Mais vous ne m'en avez jamais parlé ?

Il lui décocha un sourire qu'elle trouva presque enfantin.

— Bones, je n'avais que des doutes. Aucune preuve, pas le moindre indice. Vous ne vouliez pas que je partage une intuition avec un esprit scientifique comme le vôtre !

Un rien submergée par les événements de la journée, elle ne répondit pas.

Booth appela l'agent spécial Woolfolk pour lui raconter ce qui se passait. Apparemment, il l'avait déjà mis au courant de ses suspicions, lui, parce que les explications ne prirent pas longtemps.

Le temps qu'ils arrivent au bureau, Woolfolk avait entrepris d'examiner les comptes de leur supérieur. En deux petites heures, après un appel à la banque confirmant l'existence d'enregistrements audio conservés au coffre de Gianelli, ils avaient amassé assez de preuves contre Dillon.

Brennan suivit les deux agents dans le bureau de ce dernier.

— Que donnent les recherches dans le marais ? demanda leur patron.

— Vous avez le droit de garder le silence... commença Booth.

— Pardon ?

— Comprenez-vous vos droits, Robert ?

— Evidemment ! Expliquez-vous, Booth !

— Raymond Gianelli vous a donné. Il semble qu'il en veuille à ses rivaux après qu'ils ont coupé la tête de son fils et réduit son corps à un squelette. Alors il a voulu se faire un ami dans le FBI.

— Et vous croyez ce menteur, ce salopard de truand ? éructa Dillon en tremblant d'indignation.

Woolfolk brandit une enveloppe bistre.

— On a vos comptes, Robert.

— Sans compter l'enregistrement de vos trahisons, ajouta Booth.

— Quel enregistrement ?

— Vous verrez le moment venu.

— Enfin, vous ne voyez pas qu'il s'agit d'un coup monté ? Voilà des années que je poursuis ces types. Ils veulent se venger, voilà tout.

— Comme vous dites. Asseyez-vous.

Peu à peu, leur chef parut se calmer, comme accablé.

— C'est pour cette raison, reprit Booth, que les kidnappeurs de Stewart Musetti n'ont pas fait de mal à nos quatre agents ? Vous êtes tellement loyal au bureau ?

— Allez au diable !

— Pourriez-vous nous expliquer pourquoi vous avez fait ça ? Ce n'était que pour l'argent ?

A partir de cet instant, Dillon décida d'exercer son droit à garder le silence, même lorsque Woolfolk le menotta et l'emmena.

Quant à Temperance Brennan, elle avait un laboratoire à diriger et un Indien de huit cents ans qui l'attendait…

Mais son avion ne devait pas décoller avant le lendemain matin, si bien qu'au soleil couchant, elle accompagna Booth chez Gianelli, à Forest Park.

— Vous croyez qu'il sera encore là ? s'enquit-elle alors qu'il se garait.

— Il n'a nulle part où aller. Et puis j'ai placé des hommes autour de la maison pour la surveiller.

— Ah !

— Il n'empêche que le contrat sur Raymond Gianelli sera valable dans le monde entier. S'il s'enfuit au Tibet et grimpe au sommet de l'Everest, ils l'y retrouveront et le tueront.

— Le plus facile, pour l'Everest, c'est de passer par le Népal.

— Ah oui ? Je ne savais pas.

Comme Booth l'avait prévu, Gianelli les attendait dans son bureau. Il portait une chemise noire au col ouvert, sur un pantalon noir. Depuis le matin, il semblait avoir pris dix ans.

Le vieil homme regardait par la fenêtre, comme s'il voyait quelque chose dans les bois où tombait l'obscurité.

— Vous êtes prêt ? demanda Booth.

— Vous vous êtes occupé de votre problème ?

— Dillon est en garde à vue.

— Alors je suis prêt.

Il demeura encore un moment devant la fenêtre, les yeux pleins de larmes.

— Je n'aimais pas beaucoup son idée de squelettes. Je la trouvais excessive. Trop extravagante, mais je respectais son point de vue. Il n'avait pas besoin de moi pour s'affirmer. Il disait que si on vous livrait un tueur en série vous nous ficheriez la paix.

— Il n'avait pas tort. Mon patron, Dillon, m'a effectivement retiré l'affaire Musetti pour me mettre dessus. Mais comment Vincent savait-il pour Jorgensen ?

Gianelli eut un sourire triste :

— Personne ne lève le petit doigt dans cette ville sans que nous soyons au courant. Si un type tuait des homos, tout le monde s'en moquait. En fait, il rendait plutôt service à la société, si vous voulez mon avis. Quant à Vincent, il s'intéressait aux criminels, aux tueurs en série, à tous ces malades. Je ne comprendrai jamais pourquoi. Il n'empêche qu'il aurait fini par prendre ma place, par diriger la famille. C'était ce qu'il avait commencé à faire avec Stewart.

Booth ne put réprimer son étonnement :

— Il a tué Musetti de ses mains ?

— Oui, dit le vieil homme.

Il partit d'un rire grinçant avant d'ajouter :

— Même le fils de Raymond Gianelli avait besoin d'un os à ronger !

Note de l'auteur

Je voudrais remercier le lieutenant Chris Kauffman, expert auprès de la police de Bettendorf, pour ses précieux conseils ; ainsi que le lieutenant Paul Van Steenhuyse, du bureau du shérif de Scott County, pour ses renseignements sur le Patriot Act.

Mon conseiller en recherche Matthew V. Clemens tient à remercier Stefan Schmitt, de la police de Floride, pour son atelier d'archéologie médico-légale à la conférence IAI.

J'ai aussi bénéficié de la précieuse collaboration de Michele Kuder et de Mary Kay Major, de l'accueil des visiteurs Dorothy Buell, au parc national d'Indiana Dunes Lakeshore, Indiana ; elles m'ont fourni d'inestimables renseignements sur le marécage d'Indiana Dunes et ses environs.

Je tiens également à remercier Kathy Reichs pour son expérience d'anthropologue. Et merci à Scott Shannon pour nous avoir permis de nous rencontrer, ainsi qu'à l'éditrice Jennifer Heddle ; et aussi aux producteurs et aux scénaristes de la série de La Fox télévision, *Bones*, pour leurs renseignements et l'inspiration qu'ils m'ont procurée.

TABLE DES MATIÈRES

Prologue 13

1. 23
2. 44
3. 63
4. 83
5. 106
6. 133
7. 152
8. 178
9. 195
10. 219
11. 233

Note de l'auteur. 245

- Téléchargez des premiers chapitres
- Soyez au courant des dernières parutions
- Retrouvez toute l'actualité des auteurs
- Détendez-vous avec les jeux-concours

Restez à la page sur
www.fleuvenoir.fr

Achevé d'imprimer sur les presses de

BUSSIÈRE
GROUPE CPI

*à Saint-Amand-Montrond (Cher)
en mai 2008*

FLEUVE NOIR
12, avenue d'Italie
75627 Paris Cedex 13

— N° d'imp. : 80631. —
Dépôt légal : mars 2007.
Suite du premier tirage : mai 2008.

Imprimé en France